身边的青鸟

韩小蕙 著

刘江滨 郝建国 主编

SHENBIAN DE QING NIAO

HAN XIAOHUI

花山文艺出版社
河北·石家庄

图书在版编目（CIP）数据

身边的青鸟 / 韩小蕙著. -- 石家庄 : 花山文艺出版社，2025.4

（拇指丛书 / 刘江滨，郝建国主编）

ISBN 978-7-5511-7138-0

Ⅰ．①身… Ⅱ．①韩… Ⅲ．①散文集－中国－当代 Ⅳ．①I267

中国国家版本馆CIP数据核字(2024)第028620号

| 丛 书 名：拇指丛书
| 主 编：刘江滨 郝建国
| 书 名：身边的青鸟
| SHENBIAN DE QINGNIAO
| 著 者：韩小蕙
| 策 划：丁 伟
| 统 筹：闫韶瑜
| 责任编辑：林艳辉
| 责任校对：李 伟
| 装帧设计：书心瞬意
| 美术编辑：陈 淼
| 出版发行：花山文艺出版社（邮政编码：050061）
| （河北省石家庄市友谊北大街330号）
| 销售热线：0311-88643299/96/17
| 印 刷：河北新华第一印刷有限责任公司
| 经 销：新华书店
| 开 本：880毫米×1230毫米 1/32
| 印 张：9.5
| 字 数：180千字
| 版 次：2025年4月第1版
| 　　　 2025年4月第1次印刷
| 书 号：ISBN 978-7-5511-7138-0
| 定 价：58.00元

（版权所有　翻印必究·印装有误　负责调换）

自　序

我这辈子的文学创作，是从学写小说开始的，但后来只学会了写散文、随笔和报告文学。尤其是当文学写作与我的新闻职业相结合之时，我"忍不住"写了不少随笔，因为一个记者、一个作家，在改革开放的时代大潮中，是不可能对林林总总的社会律动无动于衷的，也是不能缺席的，你总要说点儿什么、做点儿什么，才能对得起这个"以天下为己任"和"人类灵魂工程师"的行业。同时，给新闻插上文学的翅膀，也是我这个做了大半辈子文学副刊编辑的优势所在。

这是我的第一部随笔集。书中的这些文章，都不是风花雪月式或心灵独白式的纯文学散文，而是我的三观、我的思维、我的认知、我的立场、我的为人、我的处事、我的胸臆、我的品格、我的追求、我的境界……总之是我对社会生活的发言。从个人的小我来说，它们记录了我几十年的工作和思考、学习和进步；从数十年国家发展的大局来说，但愿它们也记录了我们这个不断巨变的时代的点点滴滴。

仰不愧于天。在历史的长河中,个人只是微尘一粒,虽毫不足道,他的价值在于:哪怕只拥有一点儿萤光,也尽可能地去照亮世界!

2023年6月12日于北京燕草堂

2025年3月修订

目 录
CONTENTS

◎ 第一辑　五光十色

伟大的文学和伟大的数学　　　　/ 003
上课，沾沐百年风华
　　——在北京二十七中上了一堂
　　　语文课　　　　　　　　　/ 028
雷鸣的瓦　　　　　　　　　　　/ 051
缙云学书　　　　　　　　　　　/ 056
巴斯温泉与济南名泉　　　　　　/ 063

◎ 第二辑　书香满堂

书是最可靠的阶梯　　　　　　　/ 073
冬雪雪冬读书暖　　　　　　　　/ 080

人生难得一痛悔 / 082

我的散文写作姿态 / 088

好散文的因素 / 091

放开一切束缚 / 099

美的固执 / 102

不要主观地降低阅读难度 / 106

再读夏洛蒂与奥斯汀 / 109

莫言获诺奖的两点感想 / 114

南丁的启示 / 120

◎ 第三辑　四方八面

岳莹享堂、三碗清水及其他 / 127

曾国藩故居诗文对 / 136

中华巨星落下闳 / 147

江万里与白鹭洲 / 152

一千三百多年的回响
　　——说初唐侍御史王义方 / 158

我心中的豪放与婉约　　　　　　　／ 172

◎ 第四辑　直抒胸臆

你有多久没听到"爱"这个字眼儿了？
　　　　　　　　　　　　　　　／ 183
高考在考谁　　　　　　　　　　／ 189
政策为何有这么多"后遗症"？　　／ 195
我为什么退而求其飞　　　　　　／ 198
创造力是民族之魂　　　　　　　／ 203
文艺批评十二乱　　　　　　　　／ 206
得与失　　　　　　　　　　　　／ 215
惊闻圆明园要办庙会　　　　　　／ 220

◎ 第五辑　人生有悟

陈忠实为我们改稿　　　　　　　／ 227
重读汪曾祺赠画　　　　　　　　／ 240

身边的青鸟	/ 243
最是隔膜	/ 248
我们遗忘了什么？	/ 256
人生有些错误是不能犯的	/ 259
人生有些事是不能不认真的	/ 263
人生有些敌人是不能丢的	/ 269
通往天堂的路艰难崎岖	
——以此贺巴金先生百年寿辰	/ 273
给神圣留下永远的位置	
——在南开大学2015级迎新大会上的讲话	/ 275
一个记者是怎样炼成的	/ 281

第一辑　五光十色

伟大的文学和伟大的数学

1

我对数学，至今保持着童真的好奇。

真是要打脸了，明明都已花甲，却还敢如此大剌剌地给自己使用"童真"二字。且慢，这里面有历史原因，此处先搁下，留待本文后面再述。

先说 2013 年的某一日，我们几位同人正在办公室午休。我忽然想起网上见到的颇为神奇的一道题。

> 你的年龄与你的手机号存在着神秘关系，用你手机号的最后一位数字乘以 2，加上 5，再乘以 50，把得到的数加上 1763，再减去你出生年的数字，便有一组三位的数字展现在你眼前（不够三位数的前面两位用 0 代替），其第一位数字是你手机号的最后一位，接下来就是你的实际年龄。

（注：1763这个数字是对应于2013年而言，2013年以前年份的每一年依次减1，以后的每一年依次加1，比如2012年是1762，2014年是1764，2020年是1770，2021年是1771）

于是一众人都演算起来。说来还真是神了，果然纷纷中招！我们都觉得不可思议，但却理不出头绪，实难悟出其中的奥妙！

然而就在此时，奇迹出现了。毕业于北师大中文系的女硕士小悦，拿着一张草稿纸来到我面前。仔细一看，我不禁倒吸一口凉气，瞬间就被镇住了——原来，她竟然把这道题用数学方程式推演出来了。

设：手机号的最后一位数字是X，出生年数字为Y。

$(2X+5) \times 50 + 1763 - Y$

$= 100X + 250 + 1763 - Y$

$= 100X + 2013 - Y$

X是从0到9的任意数，100X得到的数字第一位就是X本身，后两位就是Y。

不论Y是多少，2013Y就是年龄数。

因此说，这是一个数字圈套，列式之后会发现，无论X、Y是多少，结论都成立。

我愣在那里，半天说不出话来，只觉得站在眼前的小悦似乎都不是原来的她了。这道神秘的题，竟然被这简洁的数学方程式解密了！

这一下子又勾起了我的数学崇拜。

2

我只上到小学五年级就失学了。其间，我的算术成绩一直不错，至今记得我这辈子唯一一次被老师"罚站"，就是在五年级的一次算术课上，马老师的一道应用题还未讲完，我即已洞悉了其中的推演逻辑，并卖弄地给同桌讲起来……后来我在工厂工作时，自学了初中的代数方程式、因式分解等，并在高考时拿到了关键的几十分。之后虽然一辈子从事新闻和文学工作，但我对数学的好奇心一直没有泯灭，对自己不懂、不会的数学题和智力测验题，还是充满兴趣，总要试着去解一解。

数学是美丽的，同时又是充满魅惑的。比如前不久，山东一友人从微信上发来一组题：

$$2（\quad）2（\quad）2 = 6$$
$$3（\quad）3（\quad）3 = 6$$
$$4（\quad）4（\quad）4 = 6$$
$$5（\quad）5（\quad）5 = 6$$
$$6（\quad）6（\quad）6 = 6$$

7（　）7（　）7＝6
8（　）8（　）8＝6
9（　）9（　）9＝6

做出一道，幼儿园毕业；做出三道，高中毕业；做出七道，可上大本；全部做出，清华北大。

我立即放下手里的事，全神贯注投入其中，不一会儿居然做出了五道，为：

2＋2＋2＝6
3×3－3＝6
5÷5＋5＝6
6÷6×6＝6
7－7÷7＝6

以上全是加、减、乘、除，完全是小学水平，简单。剩下三道，大概得用上开方、根号什么的了，我绞了一会儿脑汁，最终放弃。

又一天，微信里又飞来一组题：

1__2__3＝1
1__2__3__4＝1
1__2__3__4__5＝1

1__2__3__4__5__6 = 1

1__2__3__4__5__6__7 = 1

1__2__3__4__5__6__7__8 = 1

我又兴趣盎然地解起来:

（1 + 2）÷ 3 = 1

1 ×（2 + 3）- 4 = 1

[（1 + 2）÷ 3 + 4] ÷ 5 = 1

很快就做出了三道。这题也不难，还是用小学的加、减、乘、除，只是解的时候有点儿麻烦，得找对思路，不然就会白费很多时间，比较适合贪玩不做正事的顽童。然而这些漂亮的数学题，真的让我瞄上一眼，就舍不得丢开了。

3

国际数学节那天，我收到了下面这四组题:

（1）

$1 \times 8 + 1 = 9$

$12 \times 8 + 2 = 98$

$123 \times 8 + 3 = 987$

$1234 \times 8 + 4 = 9876$

$12345 \times 8 + 5 = 98765$

$123456 \times 8 + 6 = 987654$

$1234567 \times 8 + 7 = 9876543$

$12345678 \times 8 + 8 = 98765432$

$123456789 \times 8 + 9 = 987654321$

（2）

$1 \times 9 + 2 = 11$

$12 \times 9 + 3 = 111$

$123 \times 9 + 4 = 1111$

$1234 \times 9 + 5 = 11111$

$12345 \times 9 + 6 = 111111$

$123456 \times 9 + 7 = 1111111$

$1234567 \times 9 + 8 = 11111111$

$12345678 \times 9 + 9 = 111111111$

$123456789 \times 9 + 10 = 1111111111$

（3）

$9 \times 9 + 7 = 88$

$98 \times 9 + 6 = 888$

$987 \times 9 + 5 = 8888$

$9876 \times 9 + 4 = 88888$

$98765 \times 9 + 3 = 888888$

$987654 \times 9 + 2 = 8888888$

$9876543 \times 9 + 1 = 88888888$

$98765432 \times 9 + 0 = 888888888$

（4）

$1 \times 1 = 1$

$11 \times 11 = 121$

$111 \times 111 = 12321$

$1111 \times 1111 = 1234321$

$11111 \times 11111 = 123454321$

$111111 \times 111111 = 12345654321$

$1111111 \times 1111111 = 1234567654321$

$11111111 \times 11111111 = 123456787654321$

$111111111 \times 111111111 = 12345678987654321$

天哪，看它们排列得这么漂亮，有气势，甚至可以说震撼人心，谁能够不动心呢？让我不由得产生了一连串联想：

联想一：这是数学还是金字塔啊？

很遗憾自己没能亲眼看过金字塔，但这并不耽误我通过图片对它们仰望。看到它们巍巍然耸立在一片苍茫的黄沙之上，那刀刃一样光滑利落的大斜线，历经五千年的风风雨雨，依然笔直坚挺，任谁都会被震撼，产生崇拜之情！

一位去看过埃及胡夫金字塔的朋友，恰好是一位数学家，从他的讲述中我了解到，这座埃及最高大的金字塔与数学之间，有着极复杂、极神秘、极不可思议的连缀关系。用一组数学题式列出，即：

> 塔高的平方＝塔侧面三角形面积。
> 塔底正方形边长的2倍÷塔高≈3.1416，即圆周率π。
> 塔的重量×10×10^{15}＝地球的重量。
> 塔高×10亿≈1.5亿千米＝地球到太阳的距离。
> 塔底边长＝230.36米＝361.31库比特（埃及度量单位）≈1年的天数。
> ……………

此外，胡夫大金字塔还有很多不可思议的神秘之处，比如塔底面正方形的纵平分线，位于地球的本初子午线上……

历史上还有一个精彩传说：1798年拿破仑入侵埃及，战后他拜谒了胡夫金字塔，佩服得五体投地。有人给他估算：如果把胡夫以及他儿子和孙子的三座金字塔拆开，将所有的石块加在一起，可以砌一条3米高、1米厚的石墙，能沿着国界把整个法国围成一圈。

于是我得出结论：数学是科学的先导。

联想二：这是数学还是排兵布阵啊？

小时候乱看书，最不爱看的就是打仗的内容，特别是对古人的什么排兵布阵看得糊里糊涂。不过也因此留下了印象，比如说诸葛亮创设的一种阵法，叫"八卦阵"，是说有一次诸葛丞相御敌，以乱石堆成石阵，分休、生、伤、杜、景、死、惊、开八门，变化万端，可挡十万精兵。还有东晋刘裕用上精心布设的却月阵，斩魏军前锋主将阿薄干，大破魏军，斩获千计。至明代，戚继光的鸳鸯阵名噪一时，令倭寇胆寒……

我可搞不清楚这些"阵"是干吗的，那是热衷于军事战争的那些小男生们的最爱。不过在我的理解中，它们都跟数学有关，或者干脆说就是数学的推演，不信你看，中国古代"十大阵法"的名称：一字长蛇阵，二龙出水阵，天地三才阵，四门兜底阵，五虎群羊阵，六丁六甲阵，七星北斗阵，八门金锁阵，九字连环阵，十面埋伏阵。这些阵在纸面上排列起来是数字，当年在地面上的实战中，是一个个士兵组成的活人队形，不是为了阵仗漂亮，而是可以使作战的士兵们有个照应，不仅能较好地御敌，还能使他们发挥更大的战斗力。

于是我得出结论：数学亦是克敌制胜的有力武器。

联想三：这是数学还是绘画（雕塑、建筑）啊？

绘画虽然是由点、线、色块组成的图形，但我们都知道，在色块里面，也有伟大的数学在做支撑。20世纪70年代我在工厂做工人时，有幸听到数学大师华罗庚先生的一个讲座，他讲的是"黄金分割法"。那时华先生是受命到工厂与工人阶级相结合，而让我终身受益的，我从此知晓了0.618几乎蕴藏在所有美好的事物之中，比如舞台上的报幕员一般都不是站在舞台正中央，而是台上站位最美观、声音传播得最好的点，也就是黄金分割点上。华先生还举了很多例子：在科学实验中使用0.618优选法，就能以较少的实验次数取得成功；就连植物界也自然而然地"采用"了"黄金分割法",不信你们去看树枝和树叶,可以看到它们是按照黄金分割的规律排列的……

这太神奇了,也很让人兴奋,我就跑去图书馆查找,倒是真有相关的介绍,可是我一个"初中生"(还是只上过半年文化课)哪里看得明白?只记得说,那是一位古希腊数学家发现的:有一次他在街上听到铁匠打铁的声音,非常有规律,不但不繁杂还很动听,回家之后加以研究,就发现了"黄金分割比例"。以后经过无数人的承继、补充和完善,一代代传了下来,被广泛运用于人类生活的方方面面……

后来过了若干年,我在一本书中了解到达·芬奇的著名画作《蒙娜丽莎的微笑》也是运用了"黄金分割法",其人像的头宽和肩宽的比例即是 0.618。还有与《蒙娜丽莎的微笑》同为卢浮宫镇馆之宝的雕塑《断臂的维纳斯》,高 2.04 米,她的肚脐刚好是黄金分割点,肚脐以上部分和肚脐以下部分之比约等于 0.618。再后来又若干年过去,我漫步在伦敦英国国家美术馆里,看着一件件精彩绝伦的艺术品,听着导游的专业讲解,又一次次听到"黄金分割法",原来,从古至今的艺术大师们,早都遵循着这个数学法则,进行各自的创作了。

不仅如此,只要举目四望,我们眼见的大多建筑,也都运用了"黄金分割法",比如上面说到的胡夫金字塔,还有巴黎的埃菲尔铁塔、上海的东方明珠塔等。

通过进一步学习,我终于搞清楚了,那位古希腊数学家

是毕达哥拉斯,"黄金分割法"的定义是:

> 在一条线段上找一个点,将线段分割为 A(较短部分)和 B(较长部分)两部分,A 与 B 的长度之比等于 B 与全长 A+B 的比,这个点就称为"黄金分割点",这样的分割就称为"黄金分割"。用数学公式表示,即:设线段总长为 1,设 B 的长度为 X,则 A 的长度为 1-X,可以写作:
>
> $$\frac{1-X}{X} = \frac{X}{1}$$
>
> 即 $X^2 + X - 1 = 0$
>
> $$X = \frac{\sqrt{5}-1}{2}$$
>
> 即 $X \approx 0.618$

这么一加根号,我的头又有点儿大了,因为没学过,只知道它叫根号,看着就先有了点儿畏惧,索性大家和我一起只记住 0.618 就好了。这种学习过程中,我得出结论:科学既追求真理,也追求美。

联想四:这是数学还是交响乐啊?

在所有的音乐中,我最喜欢的是欧洲古典主义音乐中的交响乐。不说贝多芬、肖邦、维瓦尔第、大施特劳斯、小施特劳斯等一干大师的伟大乐曲,单是交响乐队气势磅礴的演出阵势,就能把人迷倒。所以我每次去听交响音乐会,都早早动身，冀望能看到乐队上场的情景。有时听着听着还会走神，去看乐队的排列阵势，数一数出场的演奏员人数——交响乐的仪式感是十分重要的，大幕拉开之际，首先震撼我们心灵的，就是乐队那充满气派的阵势——绝对的"未成曲调先有情"，一下子就把全场观众"摄"住了。接下来听乐曲的心情和感受，当然就跟在家听音响是天上地下两回事了。

而这阵势也是由数字组成的：交响乐队一般由60至100人组成，也有百人以上的。乐器的数量和种类不一定统一，有时减少某一组乐器中的个别乐器数量，有时又加用少见的个别乐器。我最心仪的乐器不是小提琴，虽然它们的演奏者都占据着除指挥之外最显眼的位置，我的最爱是钢琴和竖琴，大三角钢琴洋气，音域宽广磅礴，有巨大的冲击力；竖琴很像中国的箜篌，每每看到女演奏员在它面前婀娜起伏，我都会想到仙女下凡。据说大、小交响乐队的分野是由数字决定的，一个大交响乐队必须有三个长号和一至两个大号，如果只有一个长号，即使别的乐器再多，也只能算是小交响乐队。

假如在纸上看交响乐队演出的平面图，你会发现，它跟很多数学题型的排列非常像——我猜它们的滥觞就是由此吧？

于是我得出结论：数学是具有仪式范儿之大美的。

联想五：这是数学还是舞台艺术（行为艺术）啊？

舞台艺术，尤其是大型歌舞、大合唱、大型团体操表演，都离不开数字的排列组合、数字的分分解解、数字的无穷变换了。一般队形长方形居多，也有正方形、圆形、半圆形，有时还有梯形。这种种由点组成的线段和形状，在舞台上呈现出多姿多彩的美丽场面，它们的"龙骨"就是美丽的数学。

我犹记得中国歌剧话剧院的《阿伽门农》，其全剧的舞台就是一个长长的梯形，从舞台的最后边一直延伸到大幕前沿，巧妙地把人物、故事、情节、表演等元素从很久很久以前的历史深处推到了观众眼前；也把两千年前发生的古希腊悲剧，重新呈现在今天的中国——是艺术之功，也是数学之功。

于是我得出结论：数学也是艺术的骨架。

联想六：这是数学还是诗歌（文学）啊？

终于说到我的本行了，对，文学，包括诗歌等在内的各种文学体裁。为节省篇幅，此处只借诗歌一说。

那些由阿拉伯数字组成的题图，一眼扫过去，多么像一首首诗和词。尤其像宋词。感谢柳永的开创性写作，打破了小词小令的狭小格局，把"宏大叙事"引入词的创作中，运用长短句相结合的方式，组成了《雨霖铃》《望海潮》《八声甘州》等有节奏的结构方式，起伏，跌宕，闪挪，腾飞……啦，啦，啦，啦，循环往复，从起点出发，摆向终点，又恣意停泊在任何一个节点上，做心绪与灵魂的整修和省思。神奇的是，柳永还有意在词作中加入了一些数字，果然就收到非常感性的鲜灵灵的效果，比如其代表作《望海潮》：

东南形胜，三吴都会，钱塘自古繁华。烟柳画桥，风帘翠幕，参差十万人家。云树绕堤沙。怒涛卷霜雪，天堑无涯。市列珠玑，户盈罗绮、竞豪奢。

重湖叠巘清佳。有三秋桂子，十里荷花。羌管弄晴，菱歌泛夜，嘻嘻钓叟莲娃。千骑拥高牙，乘醉听箫鼓，吟赏烟霞。异日图将好景，归去凤池夸。

其中，"十万人家"，瞬间就铺开了昔日钱塘（今杭州）的大都会气势；"三秋桂子，十里荷花"，画面感顿出，使绿树红花摇曳眼前，美不胜收。试想，若把"十万人家"写成"百姓人家"，把"三秋桂子"写成"清秋桂子"，把"十里荷花"写成"映日荷花"，皆不如直接用数字来得生动可感。

更著名的例子是杜甫的《绝句》："两个黄鹂鸣翠柳，一行白鹭上青天。窗含西岭千秋雪，门泊东吴万里船。"四句诗，句句都有数字嵌在里面，其灵动的悦然感和博大的时空感直铺天地，使宇宙、空间、大自然及人类历史都包含在内。何况这首绝句只有四七二十八个字，恕我孤陋，不知世上还有哪种文字能做到这么精绝？

抒情诗则从形式上更接近美丽的数学图形，无论古今，不分中外。让我们不妨大胆想象一下，全世界第一位写下抒情诗（包括史诗）的作者，也许他是一位盲人歌者，也许他是一位氏族首领，也许他是一位牧羊人，当他活得欣喜、高兴、亢奋，抑或悲伤、难过、痛苦时，实在抑制不住满腔的汹涌情感，非要吟唱出来时，他是否从结绳计算的排列中得到了启示？是否从他的羊群队列中得到了启示？是否从雨后彩虹的图形中得到了启示？答案是：很有可能啊！数学和诗歌（文学）都是人类的高级精神活动，都是人类发现世界、认识世界、创造世界文明的工具。如果说一首诗歌的情感支点是一道绚丽的飞天彩虹，那么上面那道题图的排列，1 2 3 4 5 6 7 8 9 8 7 6 5 4 3 2 1，不也是一道雨霁初晴后挂在蓝天上的抛物线吗？难怪有人说，"文学艺术的极致是宗教，数学和物理的极致是哲学"。这分明是说，形而上与形而下合二为一，成为一个世界。这也让我联想到最能体现中国文化精神的那个 logo ☯，黑鱼与白鱼合而为一，构成了一切的一和一的一切。

于是我得出结论：数学和文学都是那个"一"。

4

正如今天的所谓文学体裁——小说、诗歌、散文、报告文学、戏剧、评论、理论……都是人为的主观划分，其实在形而上世界，它们并不分派，也无门庭，而是自由自在的混沌的一团；而我相信，在上帝那里，也并无文科、理科之分，并无数、理、化、医、文、艺，乃至工、农、商……的区别。所有这些分野，都是人类为了方便自身的操作而建造起来的一座座小房子，它们不代表本质，也并非事物的本质。

不是，上帝不是这么安排的。我揣测，上帝的本意是让我们都做达·芬奇那样的人，这位欧洲文艺复兴时代的巨擘，一人身兼着科学家、发明家、画家、雕刻家、军事工程师、建筑师、生物解剖学家、物理学家、数学家……在他那里，科学与艺术之间，数学与绘画之间，就好似日月经天、晨夕雨露一样相衔交融，共生共荣。他老人家留给人类的瑰宝，可不只是《蒙娜丽莎》《最后的晚餐》，还有菱方八面体绘图、人体和动物骨骼图形、人类史上第一个机器人、直升机设计图、单一跨距达240米的桥梁草图、连续自动变速箱草图、潜水艇、机枪、坦克车、子母弹、降落伞、潜水装、机械计算机的齿轮装置……同时，达·芬奇的七弦琴也弹得相当棒，他首先是作为音乐家在米兰出名的。盛名之下，实至名归，所以，他被誉为"人类历史上绝无仅有的全才"。

既然做不成达大师，我们能否做做富兰克林呢？我现在还清晰地记得，自己是从小学语文课本上认识富兰克林的，那课文还配有一幅画，好像是富兰克林用风筝对雷电实施验证。这位本杰明·富兰克林是美国开国元勋之一，是美国18世纪最负盛名的政治家、科学家、音乐家、出版商、印刷商、记者、作家、外交家、发明家、慈善家，曾出任美国驻法国大使、美国第一任邮政局长，被选为英国皇家学会院士，他是全世界最早提出"电荷守恒定律"的人，发明有避雷针、双焦点眼镜、蛙鞋……富兰克林也不是一般人啊。

在咱们中国，也有很多位老祖宗是这种全才型的大师巨匠，比如：

南朝祖冲之大师，首次把圆周率准确推算到小数点后6位，比欧洲早了1000多年，还造出指南车、千里船，同时还制成《大明历》。

北宋沈括大师，在天文、数学、医药、生物、物理学等多学科都成就卓越，还著有《梦溪笔谈》等40多部书。

元朝郭守敬大师，一身而为天文学家、数学家、水利学家，他制定的《授时历》通行360多年，是当时世上最先进的历法。

明朝徐光启大师，是中国向西方学习科学的先驱，不仅自己著述《农政全书》，还翻译了《几何原本》。

…………

这些如雷贯耳的大师，也都早早就出现在我们的小学课本里。不，应该说是永远镌刻在中华民族和世界文明史的丰碑上！

或曰：他们都不是一般人，我们可做不来呀！

是的，对我们这些芸芸众生来说……然而且慢，这可不能成为我们的借口。芸芸众生虽然平凡，但也必须在各自的人生之路上，夙兴夜寐，筚路蓝缕，鞠躬尽瘁，百折不挠，尽量活出自己的精彩、做出属于自己的一点点贡献来。这也是老天爷的安排，不然他老人家就不会让我们从小就又学语文，又学算数，又学外语，又学画画，又学常识，又学体育；稍长，进入中学，又学文学、外语、代数、几何、物理、化学、生物……老天爷期望我们人人都受到全面教育，人人都争取做全才型的人才。

是的是的，你又要给我举那几个著名例子了：胡适、陈寅恪、钱锺书、季羡林等的数学成绩都不好，可都没妨碍他们成为国学大师。呵呵，且不说这些传说是否带有添油加醋的成分，单说举目所见，又有多少文学大师、艺术巨匠曾经是门门功课顶尖的学霸，不然他们是怎么踏入大学校门的呢？据我所知，有不少位文学家、艺术家、史学家、哲学家、教育学家……都终生对数学充满了热忱，有时候实在手痒痒了，还会像音乐家弹上一曲一样，拿起数学题过上一遍瘾。

曾看过数学大师丘成桐先生的一篇讲演，他是这样说的：

> 数学之为学，有其独特之处，它本身是寻求自然界真相的一门科学。但数学家也如文学家般天马行空，凭爱好而创作。故此，数学可说是人文科学和自然科学的桥梁。

他还说到他自己的工作经验：

> 广义相对论提出了场方程，它的几何结构成为几何学家梦寐以求的对象，因为它能赋予空间一个调和而完美的结构。我研究这种几何结构垂三十年，时而迷惘，时而兴奋，自觉同《诗经》《楚辞》的作者和晋朝的陶渊明一样，与大自然混为一体，自得其趣。

丘大师的话多么令人惊讶，真让我们难以想象！单凭这一篇讲演，他就可以说是文理兼优的典范。悉心想来，在我们身边，这样的"普通人"也是大有人在的，比如我认识的两位中青年文学评论家，一位大学本科是学化学的，那是其身为化学教授父亲逼迫的结果；而到了大学毕业，孩子成熟了，能够自主人生了，他就毅然报考了文学专业研究生，使自己成为热爱专业的从业者。另一位大学读的是计算机，后来研究生、博士生改读文学，也成为潜入个性追求之海的畅游者。我曾对他俩说，你们比单纯的文科生更幸福，因为你们兼有理科和文科两副眼镜、两种思维方式，所以你们能比单一的我们更深刻，也更广阔……

还有一个更兜底的例子，我曾亲见吴冠中、李政道二位先生做了一个小游戏：李请吴画出他心目中对高能物理世界的畅想，他自己则写了一篇对吴画作的"理工男"解读。结果皆大欢喜，对世界全方位的认知与理解，深奥的物理学与神秘的艺术浑然天成，在那神圣的云端，共生出一道跨天彩虹。吴冠中先生兴奋得像小孩子，把那幅满天星的画作制成大幅印刷品，赠给理解他和不太理解他的大小朋友们……

5

然而，呼啸奔腾的时代列车一直没停下，反而在经历了绿皮车、动车、高铁、磁悬浮之后，又向着光子、量子、超光速等新的阶段发起了冲锋——野心勃勃的人类，自从20世纪 90 年代进入互联网时代以后，以十倍、百倍、千万倍的热情和野心，加速、再加速地推动自己驰骋、奔驰、腾飞！短短二十余年，放眼地球上的大部分区域，已全面进入了数字化世界！

数字已经改变了一切。即使再不喜欢数学的胡适、陈寅恪、季羡林们，也必须皱着眉头一遍又一遍地、不厌其烦地侍候着这些"小霸主"，它们脸面上那一组组数字，即是作为社会人的生物属性、物理属性、文化属性、社会属性……乃至身份、职业、级别、地位、财产、身家性命。谁也逃不过数字的魔爪。甚至，包括被文化人认作比生命还重要的文史哲经典，它们都已通过数字化方式，在这个世界上取得了新的、恒久的生命形态。

不禁想起了自己当年的愚蠢。在 1991 到 1992 年，北京作家群里有勇于吃螃蟹的先行者，在同人间号召学习和使用电脑，当时是最初级的 286。我也接到了热心人士的电话，但面对人家的热情洋溢，我的第一反应是排斥，觉得那是理科人士的事，对我来说学起来太麻烦，浪费时间，对写作也没什么推动。可笑的是，当时包括我在内的一干作家们，差不多第一个问题都是："电脑能比手写快吗？"……

电脑之后是智能手机了，写作甚至可以不通过文字，直接对着手机的录音功能说话就是。不过这还是主体性写作，作品还属于个体的创造性思维活动。惊骇的是，软件工程师们竟然还发明出了写作软件，只要输入几个词（名词，动词，形容词），哪怕毫无句子和意义上的关联，计算机都会在比人脑快得多的时间内写出一首诗、一篇散文或小说。我在报纸上读到过这种作品，说实在的，文笔还不错呢，有些词汇用得相当漂亮，逻辑和结构上也无大毛病，若不告诉你底细，还真看不出是软件的作品。

那么，电脑会取代人脑吗？

文学终将会被数字吞并吗？

不会！我认为绝对不会！伟大的文学与伟大的数学是双雄并峙的两座高峰，数字可以将文字技术化，但永远不可能取代文字，因为伟大的文学首先需要的是思想，而思想的诞生必须是在人生的经历、胸襟、境界、视野等的丰厚土壤中才能破土而出，茁壮成长的。好比我最推崇的千古第一文《岳阳楼记》，虽然前面写景部分的文字丽朗俊逸，超凡脱俗，比如"衔远山，吞长江，浩浩汤汤，横无际涯"，又如"至若春和景明，波澜不惊，上下天光，一碧万顷"……这些句子皆大美，但也许除了范仲淹，别的文章大家也能写出来（从理论上推算，计算机写出也存在着可能性）；但"先天下"的伟大思想，只属于襟怀里装着天下苍生的范公，即使再过一千年，也绝对是任何技术性写作"创作"不出来的——世间只有一座珠穆朗玛峰，你想用计算机去3D打印，谁都知道，这可绝对造不出来！

6

然而数字不服气！迄今为止，在它面前还未有打不败的对手。还记得柯洁大师的豪言吧，2016年6月，人工智能"阿尔法狗"以4∶1战胜了韩国顶尖棋手李世石，观赛后，中国冠军柯洁自信心满满地放言："即使阿尔法狗赢了李世石，也赢不了我。"可惜不到一年时间的2017年5月，柯洁便以0∶3的战绩败下阵来，失态地在计算机"冷面狗"面前号啕大哭。

其他科学家们也表示了不服。2020年5月初，我惊悚获悉，德国科学家（其实是中国青年科学家潘辰琛为主要研究者的德科学家ALi Eratürk教授团队）突然对外宣布，他们成功开发出了一种新型算法DeepMACT，使人类终于首次看清楚了全身所有癌症转移灶，包括每一单个癌细胞转移灶。它的意义在于，或许在不久的未来，人类将迎来历史性的突破——攻克癌症！

不仅如此，科学家们还借助计算机，相继攻克了生命学、基因学等核难度级的一系列技术，比如人造心脏、人造血液都已研制成功。更惊人的是，美国科技狂人马斯克又爆出一个大料，他的团队正在研发脑部芯片移植，期望能够实现人脑的远程遥控，这也就是说，将来有可能在人一觉醒来时，狂喜地发现自己已经掌握了好几门外语！数学水准也一下子从小学飞升到博士后!

简直不敢往下想了,若咱们肩膀上的脑袋里被植入这样一个人工芯片,保不齐哪天,咱们也能写出《复活》和《悲惨世界》!

没有做不到,只有想不到。

2020年5月4日,我与天津散文家谢大光兄通电话,讨论文学与数学问题,双方都觉得甚为有趣:

> 谢:"是的,大体可以说,世界是由数学组成的。你看我们的衣食住行,包括你每天穿几件衣服,吃几碗饭,都离不开数学。"
>
> 我:"物质世界如此,那么精神世界呢?"
>
> 谢:"精神世界也一样,包括内心、情绪、情感……就拿你来说,你一辈子与作者相处,一次两次,七次八次,有的就处成了朋友。然而,是不是接触的次数越多就越好呢?显然又不是。"
>
> 我:"对的,朋友不能天天腻在一起,作家尤其是,文人易散不易聚。梅特林克也说过:'我们相知不深,因为我不曾与你同在寂静之中。'相反,有些时候,几年都没联系的朋友,拿起手机一说话,却像昨晚才分手一样。"
>
> 谢:"多与少,从数学问题变成为哲学问题,归根结底又变成文学问题。有时候你看着很高妙的一组数字,觉得头大,但谜底一揭开,原来是很简单的答案。文、史、

哲同理。"

我："所以，世界虽然是由数学组成的，但我认为，数字化世界的许多奇思妙想，是来源于文学的，来自文学想象。比如机器人、飞行器等很多科学物件的发明，是受到了《山海经》《西游记》《海底两万里》《哈利·波特》……的启示呀。"

谢："嗯嗯嗯，有意思。我认为，数学（代表它背后的物理、化学等一切自然科学学科）是客观世界的客观存在，人类的任务是去不断地研究和发现它们；而文学（包括历史、哲学等一切社会科学学科）是由人创造的，没有人就没有文学，所以才说文学是人学。我同意你的说法，也许确实可以说文学是数学的源泉？至少，文学可说是点睛需要点的那最后一笔。"

大光兄的这个观点真是太妙了，我认为非常恰当，智慧，切中肯綮。大光兄也被自己的思考点燃起来了。我俩都进入了兴奋状态，约定各自回去，再继续思考，再提问，再追索。

事也凑巧，当晚，吴周文老师也从扬州大学发来微信，提出他的见解："世界是数字构成的。自从1996年人类发明信息'高速公路'之后，人类才真正把握了这个由数字奇妙结构起来的世界。然而归根结底，文学是灵魂。"

吴老师也是中文系出身，哈，我们三个文科生，对数学与文学的认识略同。当然，我们仨说的也许都不准确，或者干脆都是不严谨的外行话。不过这有什么呢？科学和文学都需要探索，即使我们只是提出了浅陋的疑问，也是好的哟，因为可以引起大家的关注和思考，促成大家共同提升。

那么，文学到底是什么？数学到底是什么？文学与数学的关系到底是什么？目前看来，假若用严谨的理论来条分缕析地阐述清楚，还真不好说。那么，请允许我放开想象的翅膀，借用文学语言来表述一下我的理解吧：

> 文学是人类精神的灯塔，数学是自然世界的空气。
> 文学是照亮心灵的阳光，数学是灌注大地的江河。
> 文学是一览众山的泰山，数学是无限风光的华山。
> 文学是引领文章的导师，数学是统率科学的教父。
> 文学是太阳系的聚光灯，数学是银河系的众星辰。
> 文学是天际线的梦与幻，数学是地平线的苦与甜。
> 文学乃"经国之大业，不朽之盛事"，
> 数学则是一切自然科学的成功之母。

"天地玄黄，宇宙洪荒。日月盈昃，辰宿列张……"在往文学泰山奋力攀登的路上，不时回首仰望数学华山之巅，高山仰止，景行行止。

伟大的文学！伟大的数学！

原载《十月》2021年，第 2 期

上课，沾沐百年风华

——在北京二十七中上了一堂语文课

"铃……"随着孙国钰老师的一个手势，上课铃声立刻在我心中庄严地轰响了。班长一声"起立"，我们到课的十五位北京东城作协会员，随着前排同学一同站起，向老师鞠躬，朗声问候："老师好！"岁月飞逝，太阳落下又升起，我们又回到了青春时期的课堂。

这是北京二十七中高二（5）班的一堂语文课，今天的课程是讲解世界名著《大卫·科波菲尔》《老人与海》《复活》《百年孤独》的四个片段，通过剖析四位大师的写作来讲解文学创作中的心理描写。授课者是有着近三十年教龄的孙国钰老师，他的辅助教师是 AI，我称它为"孔德先生"，这是因为该校原名为孔德学校。

这是我平生的第一堂高中语文课。

一、缘起

上官卫红是北京东城作家协会的一位骨干会员，本职工作是北京二十七中的高中语文老师，以前作协活动时，我把她当作年轻会员，因为她看上去就是一个年轻姑娘，高额头、瓜子脸，细眉细眼，自带微笑。每次穿着打扮都是精心着意的，不像有的女孩儿随便一条牛仔裤就出门了，我理解这是有关为人师表的职业习惯。东城作协一百七十多名会员，她身在其中，从不高声也不东挪西闪，每次活动一结束就抽身走了，所以这是匿在百花深处的一朵小花。然而2024年9月读到她的一篇散文，顿时把我惊住了，原来她已在杏坛辛勤耕耘了三十多年，并且是北京市特级教师。文中有一句"上海交大毛荣贵老教授到京时，特意到我的课堂听了一节语文课"，一下子就把我的心抓住了，由于历史原因，我初中没毕业，没上过高中，从未上过高中语文课，这是我终生的缺失，一直心向往之。于是我就打问上官老师，能不能也去听一堂她的语文课？

卫红朗声应允，并且给了我一个意外惊喜，说他们学校的孙国钰老师，本周就有一堂全区语文教学研究课，借助AI人工智能新的教学手段，指导学生的作文学习，问我要不要先去听这一课？我大喜过望，众多会员也纷纷要求同去听课，于是东城作协把听课做成"作家进校园观摩学习"活动，十五位会员抢到了名额。我心里那个高兴啊，甚至演绎成了小激动——

全国作家们曾搞了数不清的"作家进校园"活动，但他们都是去做老师的，唯独我们要去做学生哟。一时间，"学，然后知不足"，"读书明志，可识春秋"等箴言，在我耳边轰轰烈烈地卷起千堆雪，梦中我都笑醒了。

二、上课（1）

其实我糊里糊涂的，真不知道什么是"AI辅助教学"，浑浑噩噩走进了教室。

穿着蔚蓝与白相间的校服的几十位同学，已经在前面的课桌旁坐好。给我们的位置是后两排长条桌，连同上官卫红老师，刚好八人一排，这是特殊待遇，其他各校的老师都被安排到礼堂去线上观摩。

坐在课椅上，把手搭在课桌上，满溢的幸福感让我周身的细胞都沸腾起来，我一定也是像上官卫红一样青春地微笑着。一抬头，发现黑板已不是我的旧时印象了，被一分为二，一半仍是传统式可供老师板书，另外半壁江山则厉害了，居然是一块电子大屏幕。只见孙国钰老师抬手一滑，今天的课题就出来了：《以"心"写我心——文学名著中的心理描写》。同时下面列出了学习目标：1. 探寻世界名著中人物丰富多彩的心灵世界。2. 学习文学作品中的心理描写。

我们和全班同学一样，人手一份课业纸，上面印着今天课业要讲授的 4 段文章，以及目标、方法、练习、要求。

开课了,微笑与自信,满满地写在孙老师的脸上。他先请同学念了《大卫·科波菲尔》中的两段名著原文:

> 终于可以看到米考伯先生了,我心里十分的紧张,但因为他是个友善的人,水流冲洗我的脸,心里也放平了许多。
>
> 米考伯先生是尊重我的,对于全世界仅剩的一位尊重我的先生,即使我再落魄不堪,我也要以我最饱满的状态去赴约。尊重是双向的,我尊重米考伯先生,我要把手和脸洗干净,表现出我外在的敬意。我要尊重我自己,即使世间万般阻碍,我也要过好自己的每一天,这是我从米考伯先生身上读出的道理。因此,我自己的努力同样也是对米考伯先生内在的尊敬。

孙老师走下讲台,游走在同学们中间,启发他们思考:这段写得好不好?写了主人公紧张,但没写为什么紧张?写了尊重以及尊重的表现,但没写为什么尊重,这逻辑成立不成立呢?可以找到他们之间的内在联系吗……

同学们有应答,各自陈述自己的观点,形形色色,天女散花,课堂上活跃得像一群小鸟在林间聚会。少顷,孙老师抬手一滑,AI的论点出来了,"孔德先生"认为:"我"的心理活动没有完全展开,缺少具体的人物场景描写;心路历程虽然很清晰,但"等待""期待"后面应该有更深层的东西……

我的手飞快地做着笔记，同时脑子里也在迅疾地思考："孔德先生"的论点对吗？权威吗？可以折服同学们吗？这些观点是从哪儿来的呢？是来自教研组的集体智慧吗？……一时半会儿，我得不出结论，但内心里很认同这种新鲜的教学方法：它貌似是老师，却又是一个对手；它给你结论，却又在启发你思考，给你开辟出另一番思路。就像对弈的高手，把你的聪明才智也调动起来了，正是中国那句老话——"将遇良才，棋逢对手"，和高手过招，何其痛快也。

然而，真正的高手还不是"孔德先生"。课堂上的帝王、君主、船长、主宰，是孙国钰老师，他是这堂课的灵魂。只见他的长臂在电子屏上一滑，大屏幕上出现了一张表格。根据这表格内容及支架材料，他请同学们思考，狄更斯的这一小段文字"写了什么"和"怎么写的"？但见"小鸟们"交头接耳地小声唧啾了一阵，便纷纷在作业纸的表格内进行了各自的评析（打钩勾选）。

稍后，孙老师给同学们讲解了他的解析：

一、写了什么

［境遇］：沦落，呜咽，眼泪。

［感受］：痛苦，绝望，心碎。

［情感］：幻灭，崩溃，挣扎。

［思考］：不甘，期待，等待。

二、怎么写的（形式、手法）

独白法，梦境法，叙述法，对比法，白描法，动画法……多种手法并用。

随着孙老师简洁的讲解，我看到男生女生们频频点头，用信服的眼光盯着自己的老师。我也觉得很开窍，原来文学作品是可以这样解读的；原来语文课是这样循循善诱的；原来"教书育人"是这样春风化雨的；原来神圣的"教育"二字，是以老师们的心血一点一滴地灌输到同学们的心田中，一代又一代，薪火相传。

我太羡慕这些幸福的青葱少年了！

三、上课（2）

孙国钰老师五十岁出头，人生轨迹跟上官卫红老师相似，都是二十七中本校毕业的高才生，接受完高等师范教育以后，又被母校召回学校任教。这是我第二次见到他，但两次见面的印象，简直是山与水、花与叶，真不像是同一个人。上次见面是在北京东城区图书馆，他和上官卫红一起匿在听众中，会后拿着一本拙著《协和大院》请我签名。原来他也住在外交部街胡同，就在与我们协和大院一墙之隔的外交部宿舍大院，那里住的都是外交部的老司局长，由此可以推断他是出生于外交官之家。他也的确有点儿外交官的风度，高高的个子，匀称的身材，一张知识分子的清雅脸，一副咖啡色边框眼镜。他的极度低调给我留下很深印象，整个过程中，他竟然一句话都没说，脸上甚至露出几丝腼腆的笑容，这难道是一位教师吗？在我的印象中，教师们可都是能言善语，说起话来犹如滚滚长江啊。

然而在今天的课堂上，孙老师完全变回了他的岗位角色。只见他就像世界著名指挥大师卡拉扬一样，身躯挺得笔直，一头梳得一丝不乱的斑白发，随着修长手臂在黑板上一滑一滑地起伏而呈现出神采飞扬的节奏，使得他的"乐手"们跟着他的指挥棒，演奏出激昂的旋律，那样子真是帅极了。他的"乐手"们也都很开心，时而朗读一段课文，时而回答一个个问题，男生女生都很享受，尤其男生们更豪勇一些，回答问题的声音更洪亮。

一节课短短四十分钟，分分秒秒，必须紧凑。孙老师踱回黑板前，开启下一个"学以致用"阶段。他请一位同学朗读《老人与海》的一个小片段：

> "但人不是为失败而生的，"他说，"一个人可以被毁灭，但不能被打败。"我很痛心，把这鱼给杀了，他想。现在倒霉的时候就要来了，可我连鱼叉都没有。尖嘴鲨很残忍，而且也很能干，很强壮，很聪明。不过我比它更聪明。也许并不是这样，他想。也许只不过是我的武器比它的强。

"别想了,老家伙,"他大声说,"顺着这条航线走吧,事到临头再对付吧。"

朗读的声音刚一落地,孙老师就让同学们回答,在这一段文字里,海明威都用了什么写作手法?看来刚才的授课很有收效,同学们纷纷回答:"独白法,对比法,拟人法……"

这回轮到孙老师频频点头了,清雅的脸上浮现出满意的笑容,似乎连眼镜都泛出柔和的笑意。他总结说:"对,海明威是通过主人公的内心独白展开叙述,说明了老人与鲨鱼对峙的情况。鲨鱼是凶残的,但老人有一颗坚强的心,认定自己必能战胜它。"

此时,高高个子的孙国钰老师帅气逼人地走下讲台,好像他已幻化成渔船上的那位老人。游走在同学们中间,一边踱步,一边用身体、手势、声音、表情混合而成的"语言",启发着他的学生,把知识、智慧、人性、品格……浇灌给这些青苗们,像阳光雨露,像春风冬雪,像江河行地,行行复行行!

四、"孔德先生"的评判

我扭头,看到坐在教室后排的上官卫红老师,脸上绽放着欣喜的微笑,容颜犹如一朵绽开的玫瑰。作为学校语文教研组组长,她比这位学弟早了几年,一直承担着全校高中语文高水平教学的重任,不但自己冲在最前端,也带着教研组打冲锋。

据我们东城作协会员、在另一所学校任教的邓丽群老师说,她听过上官老师的线上课,"内容丰富且条理清晰,方式方法灵活多样,兼顾传统与现代,引经据典,诗词歌赋,信手拈来"。二十七中曾取得过四名学生高考作文满分的佳绩,其高中语文水平始终处于全北京市上游队列中。

创出如此辉煌,他们却一分钟也不敢怠解,又迎着人工智能大潮的巨浪,以"每天忙到窒息"(上官卫红语)的拼搏,勇毅地冲上去,学习AI、探索AI、对话AI、挑战AI,驾驭这个聪明绝顶又桀骜不驯的家伙,让它为语文教学出把子力。经过一年多的反复磨炼,终于有了今天这个"孔德先生"辅助教学的创新局面。

下面,同学们最期待的情景大幕拉开了——孙老师请同学们当堂完成小练笔作业,即以刚才《老人与海》的选文片段,补写一段老人的心理描写,要求不少于一百字。

此时,我们才恍然明白,每人手中的那张课页纸上,那六行、每行二十个空格,一共一百二十字容量的空间,原来是留给我们的考卷。这未曾料到的当堂考试,差点儿把我打蒙了,这也是我人生的第一次哟!眼见着训练有素的同学们"唰唰唰"地写起来,我稍一愣神儿,也赶紧抓起了笔,既然是来当学生的,就必须一丝不苟地完成老师的作业,在这课堂上,没有身份、地位、年龄的不同,我们统统都是孙老师和"孔德先生"的学生。

我努力按着刚才授课的思路,中规中矩地写。平常我写东西是有毛病的，常常写得又慢又啰唆，在大学写作课时就有同学批评过。今天还好，在规定时间内写完了，正好写满了一百二十个空格。孙老师笑吟吟走过来，用手机拍照，上传，送给"孔德先生"去审评。我们十五位"大学生"中，还有年轻作家侯磊同学也完成了，孙老师也走过去，微笑，拍照，上传。此时，全班小同学们也都已写完，各自用手机完成了拍照、上传。没过两分钟，大屏幕上就显现出全班同学的分数，我得的是八点四分，居然位列第一。孙老师伸手在我的名字上一点，小练笔全文和"孔德先生"的评语就清晰地呈现出来。一位同学朗读了我的原文：

> 老人看着那条鱼，它是张着尖锐的牙齿，贪婪地瞪着他。老人心里涌起喜悦，嘴角露出微笑，高兴它还在那里，虽然它呈现出嗜血的狂野。老人撸了一把袖子，看了看自己的双手，他觉得身上的血热了一下，感受到了那热血传导过来的激励，他想起自己那意气风发的岁月。

感谢阳光灿烂的小同学们，给了我一阵鼓励的掌声。我则一边暗自惭愧着自己连九分都没上，一边去细细阅读"孔德先生"的评语：

> 所写内容中包含了丰富的心理活动描写。例如，"老人心里涌起喜悦"，"他感受到那热血传导过来的激励"，

"他想起了自己那意气风发的岁月"。这些句子都生动地描绘了老人的内心世界,展现了他在面对猎物时的复杂情感,符合题目要求。

内容中运用了比喻和拟人等修辞手法。如"它是张着尖锐的牙齿,贪婪地瞪着他",将鱼拟人化,生动形象地表现了鱼的凶猛与贪婪。虽然修辞手法运用得不多,但足够鲜明地突出了主题和氛围。

文章在句式上有所变化,既有长句,如"感受到了那热血传导过来的激励,他想起了自己那意气风发的岁月",也有短句如"老人心里涌起喜悦"。这种句式变化使得文章节奏感鲜明,读起来不单调。

文章全程采用第三人称"他"来叙述老人的行为和内心活动,没有出现人称混乱或不当的情况。虽然评论点要求"注意人称变化",但在文字的叙述全程中,保持人称的一致性也是非常重要的。我们的作业并未要求刻意变化人称,而是要求准确使用。文章符合这一点。

我都想给"孔德先生"鞠躬了,不是因为它充分肯定了我的小练笔,而是我写作几十年来,写了数百上千篇文章,从未有老师给予我这么细致入微的分析指导,仿佛开了一扇窗,使我领略到大千世界中别开生面的风景。我深深地吸了一口气,学校里的空气真香啊,如果年轻时就受过这种哺育,则我今天的写作,肯定不会是这般磕磕绊绊,老是在泥泞的道路上踟蹰了。

孙老师修长的手臂在屏幕上一滑,"孔德先生"的教诲又来了,这回是它给我的提升指导:

> 建议在"要有运用修辞手法"这一方面进行加强,建议在描述鱼的凶猛、老人的勇敢与决心等场景中,更多地运用比喻、拟人、夸张等修辞手法,描述行动、形象,增强语言的感染力和表现力。例如可以运用比喻法,将老人的决心与坚定对付鲨鱼的攻击行为,比作狂风暴雨,以此来强化文章的氛围和主题。

这也是我人生中的第一次,这么中肯地得到了写作上的具体指教,此刻回头再看自己刚才匆忙写下的文字,各种毛病就探头探脑都出现了,使我产生了非常想跟"孔德先生"再对话、再探讨、再练笔、再继续的无限循环的冲动,学习的积极性、争强好胜的人性本能,都被强烈地激发起来,欲罢不能。据说班里有一位小同学,曾将一段小练笔修改了 19 次。这种授课方式使得学生们的学习兴趣大大高涨,不但杜绝了厌学、不专心听讲、偷玩手机、偷看课外书等,而且小同学们都像盼着过年一样,渴望着每天的语文课快点儿到来,上了课还就怕下课铃声响起来……

五、反思，咀嚼与收获

望着眼前开心上课的小同学们，我心上划过一颗又一颗流星：都说人生如流水，大江东去，青春不会再来了。但我此时更愿吟咏"门前流水尚能西"，一学东坡大师的境界，"休将白发唱黄鸡"。

回想自己的前半生，有着太多太多的失误和遗憾。比如，四五岁时没有季羡林先生读《三字经》《千字文》的童子功，六七岁时没有茅盾先生读四大名著的条件，十一二岁时永远失去了语文课，二十四岁才迈进大学门槛、才开始念 A、B、C、D……还有那些乌压压埋在心头上的错误，比如做记者没两年的有一天，一位编辑突然找我来了，"咬牙切齿"地说："小蕙你真是害死我了，你把'二十出头'写成'初头'了，这是我进报社后第一个责编的错别字！"又比如有一次跟年轻编辑聊天，他自责说"昨天我的版上出了一个错别字，以前从未有过，说明我退步了"。我听了心头一震，觉得自己就没做到这高度，所写文章几乎每次都有毛病，让编辑们纠正，脸上和心头都火辣辣的。后来有一天，我顿悟了，这些老是出现的错误，足以说明不是自己疏忽大意了，而是中学的语文基础没打好。我就很想把少年缺失的课补回来，甚至动了念头把初中高中的语文课本都买来，自己从头好好学一遍——这念头就像一个人生理想一样，到现在还在我心中盘桓着……

下课了，同学们轰地一下飞出教室，飞向操场，去跑、跳、唱、笑、闹。我坐在位子上没动，双手摩挲着课桌，眼睛还盯着黑板，舍不得离去。我还在痴想：人的一生会经历许多磨难，也许比唐僧西天路上的九九八十一难还要曲折。但如果理想信念始终不灭，在心中熊熊燃烧，就会得到"众神"，特别是一心护佑的孙悟空的帮助——今天，AI 会是那位神通广大、无所不能的大圣吗？它能叫我重返青春，把此生再重过一遍吗？从理论上说，绝对可能，也许再过几年就可以实现了，现在通过 AI 的进步再进步，我们不是看到它们已经战胜了围棋界顶尖的棋手们，已经实现了无人驾驶，已经会给病人诊病开方，已经写出了很漂亮的诗歌、散文、小说，已经化身为李白、杜甫、苏东坡、辛弃疾跟我们对话，已经能让沉睡在世界名画中的古人们活起来、动起来……

"韩老师，走，叫咱们去参观校史展览了……"侯磊来叫我了，这"80 后"作家是我们东城作协的一宝，已经出了好几本散文集，作品也是跻身在《十月》《人民文学》等顶尖杂志里。望着他笑呵呵的面容，我的心"啪嗒"一下放下了，刚才课堂上的小练笔，"孔德先生"给他的分数不高，我的理解不是他写得不好，而是年轻的他更愿意尝试创新，写出属于他自己的个性。思路不同，现在 AI 还没学会怎样欣赏天下的各种风景，说来说去，喜马拉雅的冰封，华山的险峻，黄山的云海，张家界的神秀，武夷山的绿意，庐山的清凉……群峰灿烂，洪波涌起，这才是丰富多彩的大千世界啊。

文学界也已在深度思考人工智能与文学原创的关系问题，举办了专题研讨会，各路作家、学者、批评家们纷纷发表自己独特的思考，例如中国作协副主席陈彦认为："科学与传媒技术日新月异，文学生态相应产生了新的格局。面对AI技术的影响与冲击，我们应对的关键依旧是要夯实文学的品质，这意味着作家必须保持对生命经验的独特思考。"北京作协主席李洱认为："我们读文学作品，看的是作者与时代的关系，看的是自己如何表达个人的经验。AI不具备这种生命经验，它所创作的只是毫无生气的描绘性文字，与自然、时代、个人都毫无联系。"而一批年轻作家则有着更加开放的心态，认为AI必然会变得更加强大，它的不足与缺陷也会得以解决，因此积极应对可能遇到的问题，或许是最好的办法……

很显然，教育特别是中学教育，与文学的追求是不同的。陈昌林校长、吴冰峰主任都说，"文无定法"对你们作家来说是真理，但对我们的学生来说，现在首先要训练他们学会阅读，学会分析文章和练笔，在这过程中一遍一遍地提升能力。我们探讨用AI进行辅助教学，也是一直在沿着这个思路往前走。

所以说，"孔德先生"只是语文组老师们的辅助工具，真正为学生塑造灵魂的，还得是悉心传道、授业、解惑的老师们。

六、百年辉煌

东城区是全中国行政第一区,也不愧是北京市的核心区,天安门、国博、故宫、天坛、王府井、北京站……这些煌煌赫赫的地标性建筑,都在东城区。作为一个在此区出生、居住、成长,又工作了大半辈子的东城土著,我对二十七中可说是并不陌生,它与我家只有一箭之隔的距离,记得我女儿中考那会儿,就有人提到这所学校很不错。然而这回徜徉在校史展览长廊,听了袁利军书记的介绍,我才震惊地得知,二十七中竟然是蔡元培先生创办的,时在1917年,当时名为孔德学校。

初看"孔德"之名,几乎所有人都会以为是属意"孔子之德",其实不然。1917年底,从法国留学归来的蔡元培、李石曾二位教授,在积极推动中法文化和教育交流的大背景下,联合李大钊、沈尹默、马幼渔、马叔平等著名学者,创办了这所全新型教育的青少年学校。学制初小四年、高小两年、中学四年,后又增设大学预科两年以与欧洲大学接轨。办校资金是华法教育会申请下来的"庚子赔款",校址最初也是华法教育会所在的北平东单方巾巷,后学校发展壮大,分为中法大学孔德学院和孔德学校,教室眼看就将被汹汹而来的学生们"撑"破了,孔德学校便于1928年搬到了现在的校址东华门大街智德巷。

"孔德学校"四字是马叔平题写的,之所以命名"孔德",

是因为当时在"五四运动"的强力推动下，中国先知先觉的知识群体纷纷介绍和宣传西方的先进文化，以图改变气息奄奄的僵死社会。蔡元培、李石曾二人都很崇信法国近代实证主义哲学家Augueste Aomte，想把法式实证主义介绍到中国来，故将他的中文翻译姓氏"孔德"作为校名。建校之初，真是拉满了人气，北大的很多教授都下场来兼职当教师，计有沈尹默、周作人、钱玄同、沈兼士、马幼渔等大知识分子。后来者中也多有文化、科技各界名人，他们不以教授小孩子为掉价，而是把国家的希望寄托在青少年身上。躬身看这一份神圣的名单，我还惊喜地看到了著名作家、翻译家李霁野先生的名字，他是1929年秋到孔德学校任教的，时年才二十五岁，两年前在鲁迅等先生的资助下完成了师范学业，又自学英语，翻译了多部外国文学名著。我之所以觉得李霁野先生这么亲近，是在后来的年月里，他曾经担任过南开大学外文系主任，1978年我到南开上学时，"李霁野"是挂在学校口头上的南开代表性人物，就像北大的季羡林、金克木、张中行等诸位先生；后来我还知道了，我青年时期最迷醉的英国长篇小说《简·爱》，就是由李霁野先生翻译的。

  李大钊先生也曾在孔德学校任教，1922年他还在学校进行了一场著名的讲演，题目是《今与古》，针对当时遗老遗少们"今不如昔"的言论，火力全开，激昂介绍和肯定了"今"胜于"古"的世界进步潮流，教导青年学子们要去勇敢追求和创建崭新的社会。由于这些先辈们的引领，孔德学校的色调一直偏红,在1925年的"五卅运动",1926年的"三一八惨案",1935年的"一二·九爱国运动",1948年护城护校的各次社会运动中,都有孔德师生的慷慨身影。

孔德学校从建校开始就一直走在时代的前端,实行男女同校,男女平等。课本是学校自编的白话文,外加注音字母,初期编辑者有钱玄同、马幼渔、沈尹默、陈大齐,后来加入进来的还有我们熟知的著名学者和教育家如周作人、周建人、冯至、陈翔鹤等,选文中有《劳工神圣》《哥伦布》《高加索囚人》《托尔斯泰》等,独到地彰显了孔德跟随世界进步潮流的追求与大胆实践。

值得特别骄傲的,还有学校图书馆,那是按照中法大学的标准配置的。藏书多达六万四千多册,包括经、史、子、集、方志、外文、词曲、小说等,其中不乏珍品,比如《蒙古车王府藏区本》,像稀有珍珠一样熠熠生辉,后由首都图书馆搬走收藏。传为佳话的两件事给我印象最深,一是鲁迅先生曾多次到校读书和查阅资料,据说他的《中国小说史略》即从学校图书馆所得甚多;二是《金瓶梅》多年散落民间,20世纪30年代,有关机构下大力气在全国范围内收集,到底还是差了七页,而最后的惊喜结局是,这七页居然在孔德图书馆的藏书中寻到,凑齐了。

孔德的校训为"高雅,明德,慎思,力行",还有校歌"孔德,孔德,他的主义是什么?是博爱,是研求人生的真理,是保守人类的秩序,是企求社会的进步……"。第一批学生只有二十余人，大多数是创办人和教授们的子女，有蔡元培的子女蔡威廉、蔡柏龄，李大钊的子女李葆华、李星华，刘半农的儿子刘育伦，还有李石曾、沈尹默、马叔平、齐竺山、齐如山等的子女。该校陆续培养出了钱三强、王大珩、陈香梅、启功、吴祖光、吴祖强、于是之等不少名人，以至于时有"北平孔德，天津南开"的双璧之说。

岁月的长河滚滚滔滔，日行千里夜走八百，说话就来到了21世纪千禧年，又一眨巴眼就到了20年代中期。今天的二十七中，始终也没停下奋力前进的脚步，正如车尔尼雪夫斯基所说："追上未来，抓住它的本质，把未来转变为现在。"真正的"明德"不在于守住过去的辉煌，而在于勇闯未来的涛头，这才是"力行"的本意。继孙国钰老师为全区做教学观摩课之后，上官卫红老师又赴江西，去给全国优秀语文教师代表们上了一堂名师示范课，讲授的是《诗经·静女》。果然是名师风采，一出场就口吐莲花，从"见"字的读音起，循循引领学生们去到中国古典诗词大河的源头，随着或急或缓的水波顺流而下，不仅从不同角度解读《静女》、讲解《诗经》，还旁征博引，东西互鉴，引导学生们学会如何对诗歌进行理解、欣赏、品鉴乃至质疑，将如何学习古诗古文的金钥匙交到了同学们手上。这堂课，精彩绝伦，非同凡响，被评价为"将文本、文字、文献有机融合，有厚度、有逻辑、有深度"。这些好评与赞赏的落点处，不仅是上官卫红老师个人的授课，还尽显出二十七中严谨的治学风范，更展示出北京作为首善之都的高水平教学质量。

是的,北京二十七中的每位老师,都在努力自我加压,拉满学习新知识的弓弦,做时代的追风者,攀登更高一级的目标。学校领导层也支持他们在搞好教学的前提下,依据个人的兴趣爱好,去积极参加各方面的社会活动。在"每天忙到窒息"的情况下,上官卫红、孙国钰,还有校长助理吴冰峰主任,一直在坚持进行业余文学写作,每年都有散文等作品发表,被批准加入了东城作家协会,这在北京各区作协中是绝无仅有的。

七、期待明天

我们来到整洁得处处放光的校园里,在蔡元培先生雕像前合影留念。人生而为人,最幸运的就是具有学习能力,无论是牙牙学语的小婴儿还是百岁老者,或无论是少年学子还是功成名就的大师,只要有追求进步的心思,就能每天每时都学习到新东西。类似我们今天进校园,就实实在在学到了新知识、新事物、新思维、新观念,十五位大龄学生都兴奋地回到了童年,脸上一直挂着比天空还明朗的笑意。

"高雅,明德,慎思,力行",我咀嚼着校训,回味着今天的所见所闻。多年没有进入中学校园了,二十七中这一行,让我更心动,也是非常看重的,还有几个不经意看到和听到的小细节:

一进校门，墙报上张榜公布着本周的学生伙食菜单，温文尔雅的陈京华副校长轻声介绍说，这是学生家长委员会与校方共同拟订的，家委会是学生家长们自己组建的，参与和监督校方的管理工作。

一进教学楼的第一间教室，正是课间休息时间，班主任王琪老师跟同学们交流着什么。这是初一（1）班，9月1日刚入校的新生，全是电脑派位来的东城区划片小学校学生，在王老师眼里一视同仁，"谁来当英语课代表？""谁愿做班学习委员？"都是让同学们自己报名。在"十一"休假的七天里，每天早上7点整，王老师就带着全班同学做网上晨读，既是练习口语，亦是教这些"初长成"的孩子们，应该怎样迅速演变成一个中学生的好角色。

我还看见一张图片，一下子竟让我湿了眼眶，这是时静老师给学生做的一摞"红包"，每个装的都是她和学生们的新年寄语。2024年二十七中成为全国第二批"陆士嘉实验班"挂牌校，高一（1）班共三十位同学成为该校首届实验班学生，校领导左挑右选，擢拔出爱岗敬业、一向深受学生爱戴的时老师担任班主任。让我惊得半天说不出话来的是，时静老师居然也是二十七中本校毕业生，也是经受高等教育之后回到母校任教的，而且也是一干近三十年，又而且——而且哟，她居然是孙国钰老师的妻子，能让这么优秀的一对伉俪"死心塌地"地献了青春又奉献一生，这所学校得有多么天高地厚的魅力啊。

上官卫红老师用无比赞赏的语气，骄傲地告诉我们说，我们学校拥有二三十位市级和区级优秀教师呢。

嗟！此乃教泽绵长，底蕴深厚也，然后百年厚积而绵绵勃发……

天气真好，正是北京最美的金秋时节。天空蓝得就像加强版的南中国海，纯得无一丝白云，浓得一往情深。下午4时的阳光依然热烈，一支支小金箭射在碧绿的琉璃瓦大屋顶上，"叮叮当当"做金石声。为什么会是碧绿琉璃瓦呢？请抬头往东、西、南、北看，一箭之隔即是森森紫禁城，附近的建筑风格都是这一脉风云气象呢：坐落在北京中轴线的最中心地段上，故宫太和殿威权庄严，筒子河角楼玲珑剔透，景山万春亭飘在仙山之上，北海白塔高耸于青空之间，中南海碧波荡漾，北大红楼参观者络绎不绝，金银交辉的王府井大街上人流熙攘，金风中似乎传来钟鼓楼的阵阵鸣响……在北京的心尖上，煌煌五千年的中华文脉，在此生发，在此成长，在此传承，在此创新发展，在此薪火相传。

操场上，同学们正进行队列练习，那一张张意气风发的脸上，洋溢着自豪与自信——从他们的脸上，我恍然看见了十四亿人民鲜明的面孔：一张张生动的婴儿脸，一张张活泼的少儿脸，一张张严谨的工作脸，一张张流水线上的敬业脸，一张张风尘仆仆的快递脸，一张张扶苗侍禾的乡亲脸，一张张上官卫红和孙国钰们的教书育人脸……在这一张张表情丰富的脸上，写满了对幸福生活的思望与追求。"弄潮儿向涛头立，手把红旗旗不湿。"我相信,在这场席卷全球的人工智能大浪潮中,奋发有为的中国人民,一定会在"每天忙到窒息"的苦干中,把青山绿水、把神州大地、把城市乡村、把机关学校、把男女老少、把世道人心,满满地铺展开金灿灿的朝霞。

  2024年10月12日启笔,12月12日定稿
  2025年1月13日补充修改,定稿

雷鸣的瓦

那大概是 20 世纪 80 年代的一天,在咸阳还是什么地方,我跟着陕西文友们去参观一座古寺。大家出门的时候,我看见贾平凹手里托着几块灰色的瓦片,宝贝似的找报纸包起来,就像捡到了几大块金子。好奇,问?贾大师用浓重的陕西口音回答说:"是宝贝呢!这是汉瓦,秦砖汉瓦嘛。"

我忙仔细端详,普通得很,基本就是跟今天的瓦没什么两样,灰色,泥质,中间是逐渐凹下去的圆弧边际线。也没看出诗歌或散文里吟咏的什么"沧桑感""历史厚度""民族表情""存量文化增量文化"等——瓦就是瓦,本色的瓦,盖房子用的瓦。

岁月苦短。两千多年前的瓦,到今天,仍然是瓦,仍然叫瓦,仍然是瓦的本相。就像我们中华儿女,今天仍然是黄皮肤黑头发,仍然说汉语,仍然叫中华民族。

不同的只是,瓦,在飞快地消失!过去,我们谁不是生活在瓦片之下?比如家宅之上的青瓦,虽然不声不语,却天天眷顾着我们的喜怒哀乐。大院门楼上的大灰瓦，高兴地迎候着我们归来，也在管束着我们的出行。街道两旁的建筑上，时时都有大大小小的瓦眼，在关注着我们的大秘密、小秘密。再如，公园的围墙是花瓦、彩瓦、翘檐瓦、艺术瓦们粉墨登场的舞台，每天夜深人静的时候，不知道会有多少精彩的节目在争奇斗艳。更有少数民族的形状多样、丰富多彩、气度万千、大含细入的瓦们，开阔着我们关于瓦的视野……

尽管如此，我们却在长期中，对身边的瓦朋友、瓦爹瓦娘、瓦哥瓦姐、瓦保护神，采取了视而不见的态度，对它们的情悟和思望一点儿也不在意。因为，瓦们实在是太普通了，普通到不起眼，不起眼到被人忽视，被人忽视到就像空气一样虽存在却如同不存在。直到有一天，瓦，瓦们，突然从我们的视野中减少、撤退、大规模消失的时候来临了，我们才猛然惊醒，拍着自己的胸膛叫道："糟了，瓦被我们错过了！"

确凿，瓦已经被我们错过了。现在，别说城市，哪怕是最小的城市，也已是一片玻璃钢幕墙节节进犯而大获全胜的战场。即使在农村，就是在很偏僻的山旮旯里，农村也早已被瓷砖、不锈钢、预制板所统治。瓦们呢？躺在屋角、院角、村角的尘埃里，像前朝的灰头宫女一样，落寞，心死，一任身前身后，荒草萋萋……

有识之士就出来抢救了，大声说这是民族遗产，物质的和非物质的。又说是精神支撑，传统的和现代的。还说是文化攸关的，是上层建筑同时亦是经济基础的。以及是绿色的、低碳的、环保的、国事家事的、千秋万代的……

还有人身体力行，想尽绵薄之力留住瓦。比如陕西的建筑大师余平，放下如日中天的身份，终止频获国内国际大奖的建筑设计项目，十多年间在偏乡僻壤中行走，像夸父逐日一样寻瓦、觅瓦、追索瓦、解读瓦，整日和瓦们相伴相生着……

更有人搭上大把的钱财，舍上年华和身家，希冀让瓦重新回到生活中来。比如儒商赵少君，把生命前半程赚的钱都转投到"瓦库"上面，目前已经在西安、郑州等地建成了4个"瓦库"。"瓦库"，望文生义就是"瓦的仓库"，实地看看，是把茶放在"瓦的仓库"里面喝，或者说在"瓦的仓库"中开茶楼，让人一边品茶，一边学习从全国各地呕心沥血搜寻来，又挖空心思装饰成各种造型墙的白色、黑色、灰色、红色、黄色、绿色，大块的、小块的，长方形的、半圆形的、三角形的、矩形的，各方各地、各年各代的瓦们……

甚至，还有人为瓦召开了研讨会，唏嘘，感慨，悲伤，叹惋，追怀，疾呼，宣誓，要为留住瓦而皓首穷经，而披肝沥胆，而所向披靡，而愚公移山，而奋斗不止……

然而，尽管他们全都抱定了钢铁的信念，不把全世界的"瓦"收集起来绝不收兵；可是我，可悲的直率的我，还是兜头泼了一盆冷水：

> 女士们、先生们、至爱亲朋们，瓦的时代已经永远过去了！今天，已是网络无处不在的世界，人类怎么可

能倒退回农耕文明的岁月呢？虽然代表着农业生产方式的瓦，和进城的农民工一样淳朴憨厚，吃苦耐劳，可是不经过工业文明+高科技文明的脱胎换骨的改造，他们怎么可能肩负起新时代文明的重任呢？

我们不可能回归瓦了，就像不可能砸烂电视机、DVD、电脑、手机、汽车、飞机、磁悬浮列车和核电站一样。现在的人类文明已经行进到21世纪，尽管这个文明越来越暴露出它的诸多黑洞，那我们也只能像顽韧的女娲一样，炼出五色石，去修补它，完善它，而不是毁灭它。

多少恨，人奈何？今天的瓦，只能是这样的一些符号了。

文化记忆：记住历史，我们曾经是这样走过来的。

文明标尺：标示高度，中华民族曾经创造了灿烂辉煌的文明。

传承血脉：薪火相传，高贵和优秀的精神永在长江和黄河中奔流。

借鉴修正：返璞归真，反思我们今天的所作所为，是否符合天道和人道的规则？

更新观念：回归自然，照鉴我们今天的一切，是否在为生态和环保加分？

激发砥砺：以瓦为镜，为了民族的健康发展，我们必须对消费抱有高度的警惕，摒除贪图享受的私心，滋养最自然、最普通、最本色的仁人之心，先天下，后喜乐。

而在我的内心，我自己最心仪的，还是瓦的平民化。瓦有很多我个人非常认可的优点，比如说它们是质朴的、踏实的；把自己隐藏在集体中的，不炫耀、不声张、不出风头的；最本真、最本质、最本色的，不虚伪、不矫饰、不巧言令色的。鲁枢元教授说："大自然是神。"我跟着说："瓦乃自然之子。余宁愿自己是一块瓦。"

曾经屈原时代，价值观乃高庙堂而矮江湖，所以对瓦的印象很不好。屈大夫对瓦的评价亦超低："世溷浊而不清，蝉翼为重，千均为轻；黄钟毁弃，瓦釜雷鸣；谗人高张，贤士无名。"（《卜居》）而今换了人间，对瓦的贬评，应该纠正了吧。

于无声处，请静下心来，谛听瓦之雷鸣。

2011年3月21日初稿，3月25日定稿
于北京协和大院葳蕤斋

缙云学书

随着年齿的增加,我发现自己对书法越来越痴迷。这种升温甚至是以"天"为计量单位的,一天,又一天,每当到达一个新地界,首先收入眼帘的,不再是丹霞流云或怪石奇峰,而是书法——墙上的字,门上的对联,街上的标语,乃至村口、镇口、社区、学校、博物馆、图书馆、幼儿园、养老院……竖起和悬挂的题字牌匾。虽然我自己不会写书法,但这种日复一日的热切地读字,也使我对深奥的中国书法艺术,有了一点点儿相逢的会心。

说起中国的书法艺术,简直是个对你又远又近、又疏又亲的神魔。它的内心宽阔无边,深如大海,外形浩浩汤汤,横无际涯。比如你看它那"一",也就是甩手的一横,宛若天边的一丝白云,一目即了然,真是简单极了。可是你再定睛观瞧,那"一"已经变成了一束阳光、一抹晚霞、一只仙鹤、一面峭壁、一条大河、一片原野、一座城市、一支队伍、一脉族群、一个国家……乃"一生二,二生三,三生万物"也。也即在此过程中，再简单不过的这个"一"，已然从甲骨文、石鼓文、钟鼎文，演变为小篆、隶、草、行、楷书；从《散氏盘》《毛公鼎》《大盂鼎》《虢季子白盘》变成了《好太王》《张黑女》《兰亭序》《祭侄文稿》《黄州寒食帖》《仲尼梦奠帖》《自叙帖》《蜀素帖》；从王羲之变成了虞世南、欧阳询、褚遂良、颜真卿、柳公权、怀素、苏轼、米芾……又从绘画升华为书法，从书法升华为法书，从柴米油盐升华为经史子集，从形而下升华为形而上……学习书法的过程，恍若从巴颜克拉山出发的黄河细流，经过九曲十八湾，百转千回，万川归海，流入太平洋，汇入大西洋，纵横南极北极，然后飞升向太阳、金、木、水、火、土、天王星、海王星，直至飘舞向茫茫宇宙，拉——风！

这是一条充满诱惑的不归路，令人神往，不能自持。

故此，当我到达缙云县，听说这里有一百多处摩崖石刻，始于三国，兴于魏晋，绵延至今，不禁大喜过望。来之前可没这期待，只知这个位于浙江省中部的小县，有被赞为"天下第一笋"的石柱山鼎湖峰，有全球罕见的火山喷发通道遗址凌虚洞，有长数里高百米、酷似长江赤壁的火烧岩石壁"小赤壁"，有首批中国传统村落、年深千年的河阳古民居，有完全用鹅卵石垒起来的奇妙村庄岩下村。哦，最重要的，是有号称"天下第一祠"的黄帝祠宇，一大片古老而又新生的庙宇群落，昨晚上中华始祖轩辕黄帝刚从这里驭龙升天去了，留下"南寺北陵"的妙说——"北陵"指位于陕西黄陵县的黄帝陵，于我真是熟悉的老相识，20世纪90年代它启动整修时，陕西省财政还是很困难的，有关方面请我写了长篇报告文学《中华第一陵》，向海内外募捐……太熟悉的就不以为意了，所以，还是这丰赡的摩崖石刻，算是缙云对我的意外欢迎啦！

于是我沐浴焚香，口衔香草，激情翩翩，去寻登初阳山，去拜谒留迹在缙云的法书大师们。

有幸得当地一位省书协会员陪同，他首先就引导着我去看唐代篆圣李阳冰的"倪翁洞"三字。是在半山腰一个宏阔如大厅的大石洞中，刻在一块一米多高的长方石碑上，每字有一尺多长，刻痕深刻，保存完好，相当清晰。初看，好似书斋题匾，内中氤氲着书卷气，当然是小篆体，字形端端正正，工工整整，仙风道骨。细看，每一笔都是羔裘豹饰，孔武有力，圆厚雄锋，灼灼有神。眯眯眼再看，突然觉得它们从石头上凸升出来了，变成了立体的三维动画字，脑子里不由得就涌出"铁画银钩"四个字，且突然悟出，这早已被人用滥了的赞美之词，原来是内涵着多么用力的赞叹！可惜我于颜体、隶书和楷书刚有了一点点品呃，在篆书面前仍一派迷茫。一旁，陪同的书法家循循引导：

"李阳冰是唐代篆书第一人，也是绝后的大篆书家，历史上把他与李斯并称为'小篆二李'，后世再无人超越二李。你看他这几个字，无论内形和外形，每一笔都保持着均等的圆润不是？这看似简简单单，一千多年以来却再也没人能做到了……"

这叫我想到了一种叫"铁条"的物质，过去年代的建筑工地上，经常堆着很多一两丈长、大拇指粗的铁条。是呀，李阳冰的篆字，似乎就是由一根根圆硬的铁条焊接出来的，无论横、撇、竖、捺、点，每一笔都是一般宽窄，同样粗细，就连每一个小小的圆角弯转处，笔触也毫不含糊，纤毫不差，简直就像今天用电脑P出来的。这确实太难做到了，何况他手上所依仗的，仅仅是一根竹竿加一小撮羊毛——此非人力可为，必须得有上天神助！

好哇，我今天又学了一招，原来欣赏篆书作品，还有这么神乎的一个角度。不由得想起林风眠先生的仙鹤，家里有一幅高仿的《仙鹤图》，正悬在我的写字台前，一抬头便得以学读，一年一年的，我竟看出了点儿门道：那美丽仙鹤的大长腿，纤则纤矣，细之细矣，却有力地支撑着它硕大的身体和振翅欲飞的双翅，使画面显得既飘逸又厚重；最难得的是，这么稳稳的身姿，竟然是一笔画下来的，线条硬朗、俊秀，没有丝毫的颤抖和犹豫——这便是水墨画中那神秘的"笔墨"吗？启功先生的字亦有殊途同归之妙，横便是一道梁，竖便是一根柱，钉子一般揳进纸墨里，甚至能作金石之声……想到这里，我不禁惭愧起来，李阳冰何许人也？这么高出苍天的篆圣，自己此前却未知其名，也从未读过他的书帖之类。

立即就查资料，补课，旋即也就明白了：原来李阳冰根本不是靠写字吃饭的（古代有此等官职吗？有谁知道请告），他乃河北赵郡人，生于710年，活了八十岁，在四十八岁上赴任浙江，做了缙云立县的第一任县令。虽然只做了三年，但他是一位有情怀的好官，关心百姓，曾在大旱之年以身求雨；重视教化，整修了地方上的孔庙等，还改建了黄帝祠宇并亲自撰额；还为缙云留下了不少诗文，有数作被收入《全唐诗》《全唐文》等。作为"篆圣"，李阳冰在缙云留下十二处真迹，"倪翁洞"为代表作。相传这倪老翁是范蠡的老师计倪，号渔父，博学多才，无所不通，尤其精于计算学。是他教给范蠡"七条计谋"，范蠡只用其五，便辅助越王勾践灭了吴国。此时，倪老师又告诫范蠡，勾践是不可共荣之君，促其远遁避祸，他自己也隐居到此山中，而未听其劝的大夫文种不久即被越王所杀害……

呵呵，这些悲壮的往事，不只流传于民间，也入典入籍，见于史书。因此，这里也便成为一个著名景点，一千三百年来游客不断，昔时多是文人、文豪，留下了有唐以降，历经宋、明、清、民国、当代的六十余件摩崖题记，其中有不少如雷贯耳的大师巨擘，如沈括、朱熹、袁枚、郭沫若、茅盾、沙孟海、舒同、陆俨少……最后一件大师作品是沙孟海1981年所书"仙都"二字，刻在山脚下的一块岩石上，被用红漆精心描饰而非常醒目，每字有一尺多宽，粗笔厚字，饱含雄迈，似用了劈山之力，今天这二字已成为缙云的标志——"仙都"是缙云的别称，此中又有典故，传说是唐玄宗敕封的：唐天宝七载（748年），七彩祥云出现在缙云山上空，还伴有群群仙鹤舞蹈和鸣。刺史苗奉倩及时抓住这溜须的大好机会，火速启程进京，上报天子，一边奏出吉祥之兆、天下鸿福等连串的阿谀大词,把个李隆基哄得心花怒放,即敕"缙云山"为"仙都山",并亲笔写下"仙都"二字……

我一件一件读过去,真有好字啊。越好的越是古人的,有些并非大名人也写得极好,比如明代的"铁城""旭山""鼎湖圣迹""枕流漱石"四幅题记,题者分别为郝敬、樊问德、常居敬、龚勉,四人皆进士出身,皆硬硬实实真书,每一笔皆藏着日积月累的真功夫,看上去雄健豪英,旭日喷薄,然而它们绝不是漂亮,而是沉拙,真的能"力透石背"。我想说的是,今人的书法多写得漂亮,一幅幅龙飞凤舞的,机巧潇洒,浅笑盈盈;古人书法却没这么轻歌曼舞,只以殉道者精神追求着一板一眼,端肃古朴,甚至迟缓滞重,不美于外形而更把力气用在劲道上。所以他们下的是笨功夫,相信水滴石穿,冰冻万丈,甘愿囊萤映雪,卧薪尝胆,靠自己一丝、一毫的呕心沥血,一笔、一字地攀登着艺术的高峰!不禁想到一位仁兄,只学书三几年,便到处去给人写篆书了,并声言已有市价。我很疑惑,这种速成,不应该是书法的真谛啊?难道是因大家都不懂篆书,就就就……真不是我心思过于缜密,这些年来,书法界的怪力乱神丑脏俗,浊流一浪高过一浪,越批判闹腾得越离谱,简直、差点、俨然闹到"越不要颜面越走红"的地步了,悲摧!

最后,"缙云"还有一层意思,它居然亦是黄帝的名号,《史记正义》:"黄帝为有熊国君,号有熊氏,又曰缙云氏。""缙"是个生僻字,我第一次见到它时也赶紧查字典,得知音"晋",《现代汉语词典》释为"赤色的帛"。是耶,"有熊"寓孔武,"缙云"喻华彩,连轩辕黄帝都追慕的五彩祥云,肯定是世界上最瑰丽和壮美的云彩了——然而且慢,我却生出了天马行空的畅想:那满天烜烜熠熠的一朵朵彤云,怎就不是字字珠玑的一幅幅法书呢?

2019.5.9 初稿,5.21 定稿
于北京马连道莳葂堂

巴斯温泉与济南名泉

我在巴斯居住的时候,经常想起祖国的济南。得天独厚,上苍垂爱,巴斯(BATH)是英国唯一的温泉之城,济南则是中国乃至世界上著名的泉城。

先介绍一下巴斯:巴斯小城在伦敦以西一百六十公里。在大不列颠排名前十、在欧洲和世界有着极高声誉的英国顶尖名校——巴斯大学,就是以该城市命名的。2009年我女儿毕业于巴斯大学临床药学专业,我去参加她的毕业典礼,曾在巴斯住了两个月,踏访了小城的主要名胜和大部分"城域",真心爱上了她华美典雅如大家闺秀一般的气质,以及深邃的历史和光芒熠熠的文化艺术。

巴斯被誉为"英格兰最美的城市",是联合国教科文组织评定的"世界三大古迹之一",也是英国唯一被列入《世界文化遗产名录》的城市。其城市风格和各色建筑均为古罗马式的,来到这里,时时会有一种置身意大利的感觉,这是因为该城真的是由罗马人建立起来的:公元1世纪恺撒大帝的铁骑横扫欧亚时，强大的罗马军团打到此地，被这里优美的自然风光和天然温泉所吸引，便驻足此地，修建了极其精美豪华的"古罗马大浴场"，供帝国皇室使用。这座大浴场一直完好地保存到今天，成为一座博物馆向公众开放，每年接待数十万来自世界各地的观光客。

大浴场为古罗马神庙式建筑，高大的罗马柱镶嵌在一池碧绿的泉水里，高举着头顶上哥特式的石筑宫殿。十多位两人多高的大理石名人雕像环绕着四周，据说罗马皇帝恺撒也在其中，可惜我一位也不认识，只是非常喜欢其雕刻风格，觉得他们与著名的"断臂维纳斯"相仿佛。宫殿的尖顶和巨大窗棂皆镂空浮雕，繁复而又精细的花饰，彰显出当年罗马人的富足与骄傲，当然也标志着他们高大上的艺术审美标准。大浴场被称为"BATH"，以后这座城市都随着它叫作"BATH"——今天英文直译为"洗浴"，其实，完全不是这么简单，这里面还有个古老的传说：

> 当年李尔王的父亲布拉杜德王子到雅典读书期间染上了麻风病，回国后被放逐到乡下牧羊。羊群经常到山脚下一处有着奇怪气味的泥塘里打滚，他就只好下泥塘去驱赶它们，然后在旁边的一眼温泉里洗浴。天长日久下来，温泉水竟然治好了他的麻风病，还使他的皮肤变得细滑光洁。后来，布拉杜德成为国王，不忘巴斯那个有着奇怪气味的温泉，派人去化验水质，发现水中富含

硫黄等矿物质,对某些神经系统和皮肤的疾病很有疗效,便下令挖深井把温泉水从地下抽上来,蓄到石砌的巨池中。还大兴土木建起了沿袭古罗马风格的"国王的浴池"以及庙宇,每年都带着王公贵族来洗浴。岁月绵延,朝代更迭,"国王的浴池"一直为后人使用着。到了16世纪,当权者又在旁边建起了一座"王后的浴池",专供女宾们使用……

这传说很像民间故事,在咱们中国,也到处都有着民间故事和民间传说,比如"七仙女""孙悟空""哪吒闹海""八仙过海"等。然而在巴斯古罗马大浴场却是有实物为证的,至今在热气腾腾的古老浴池旁,还保存有布拉杜德国王当年洗浴的"宝座"和他的石雕像,还有后世不断挖掘出来的或石头或金属的人头像、装饰画、钻头工具、水晶、环扣、发针、耳环……

当年参观这座博物馆的门票是11英镑,以2009年的汇率折算,差不多是145元人民币。那时中国的物价相对较低,所以初到英国觉得什么都贵。然而,参观完这座大浴场博物馆,却觉得相当值得,甚至精神都为之一振,那余香一直在我心中的某个角落里珍存着。为什么?

因为整个展览做得太有文化品位了,完全不是我当初的不以为意——是的,我差点儿就错过了它,因为我曾怀疑:一个"大澡堂子"有什么可说的呢?呵呵,英国人还真让它有了很多可说的：不仅有两千多年来建造与不断延续的大浴场本身的历史，以及它的建筑、文物、考古意义上的知识；还有关于古罗马、英格兰、爱尔兰及欧洲的地理、历史、人文、艺术、科技、哲学、军事、国家关系等非常丰厚的内容。听得我津津有味，就像上了一课，觉得心胸一下子开阔了，世界竟然如此美好；更珍贵的是，还唤醒了我渐渐被世俗遮蔽了的文化之"贵气"——这是我自己生造的一个词儿，指的是代表人类文明最高水平的"纯文学"和"雅文化"。这种高雅文化的召唤，其实无时无刻不响彻在我们每个人的心底，只不过有时我们被世俗、庸俗、懒俗、恶俗吵聋了耳朵，一段时间听不到了；但我们纯粹的心还在，博物馆、图书馆等，就是召唤我们回归"贵气"的所在。

从这个意义上说，我对济南就有了不满足：她到现在还没有一座济泉博物馆，这是不是有点儿不可思议？

中国人爱说济南是"天下第一泉城"，济南因泉水之多而闻名。金代"名泉碑"曾为济南七十二泉立碑，这在封建社会算是至伟的大事，不仅歌功颂德，更要传之千秋万代。当然济南的泉不止那七十二处，据清代沈廷芳《贤清园记》称，其泉"旧者九十，新者五十有五"，共计一百四十五处。1964年进行了一次实地调查，仅在市区内就有天然泉一百零八处（或曰一百一十处）。于是，又有人以"七十二行"和"七十二变"为例，说济南的七十二泉不是实数，而是"泛指数量多的意思"。

我个人认为，数字非实质，不那么重要，关键是一个"美"字。

那年春暮夏初，我到了济南。哇，趵突泉正昂扬吐水，三股水缸一般粗壮的大水柱，红日跃海一样，闪电刻天一样，高铁奔驰一样，以无可阻挡之势，喷薄！喷薄！烟云惊耸，紫气东来，清凛傲娇，雪浪逼人。一条激情奔涌的大河，从泉腾起，滚滚滔滔，沿着修筑得城墙一般结实的河堤，冲决而下，它是从两千年前，不，是从三千亿年前就开始奔涌了，一直，一直，腾飞！腾飞！真个是"云含雪浪频翻地，河涌三星倒映天"（明·胡缵宗）。这是我第一次看到济南趵突泉——可真不愧是无与伦比的惊天泉啊！我从没想到过"泉"这种在水家族中算是温婉小女子的一类，竟能腾挪出这么激荡天地人心的场面，顿时凌乱了，手之舞之，足之蹈之。济南友人笑话我：这还刚刚是一个泉哪，我们还有金线泉、珍珠泉、黑虎泉、杜康泉、密脂泉、斗母泉、漱玉泉、柳絮泉……咳咳，韩小蕙你真没见过世面！

我先不好意思地笑笑，是呀是呀，是我的问题。接着，就立即反击道："不过也是你们的问题，济南怎么到现在还没建起一座济泉博物馆呢？"

主人们一下子全被噎在那儿了。

按说，平时我绝对不是个"外国的月亮也比中国圆"的主儿，但说起应当修建济泉博物馆这个话题，我竟思绪滚滚，腹议滔滔：巴斯巴掌大点儿的地方，区区九万人口，仅有那么一口温泉，人家英国人就做出了一座那么有文化、在全世界都广有影响的大浴场博物馆；济南呢，有着这么举世无双的泉水，这么天下无二的泉城，这么无与伦比的历史文脉和典籍资料（单是历代文人咏泉的诗词就浩浩汤汤），如果倾全城之力，建起一座高端的济泉博物馆，再借助互联网发布出去，还不让全世界都凌乱了，立时就把济南当中国啦！

呜呼，两千多年或曰三千亿年的济南泉，请抓紧时间吧，但愿你借助济泉博物馆的东风，再度振翅古老的青春，把今日济南以及中国之皇皇巨变，带到世界的每个角落，知会中国的每一位友人！

2015年8月7日初稿，8月11日定稿
发表于2015年10月30日《光明日报》

【后续】

此文在《光明日报》发表当天，即被时任济南市委书记王文涛看到，他马上就作了"立即筹建济南泉水博物馆"的批示。并派济南市委宣传部部长率领一支队伍，迅速去到英国巴斯大浴场博物馆，参观，取经，学习。同时还了解和学习巴斯是如何成功申遗的，为济南市今后的申遗做些积累工作。

一年以后，我被告知，济南泉水博物馆已然建成了！惊讶之下，得知在王文涛书记的动议下，该市并没有大动土木建大楼，而是利用四个区的文化站进行"腾笼换鸟"，每个站点一个专题，共同合成了济泉博物馆——不能不承认，这真是一个最佳的建馆方式了。

然而更让人兴奋的：一天深夜我正在写作，忽然接到来自英国的电话，原来竟是王文涛书记从巴斯打来的，他正率领着济南市政治、经济、商贸、文化、教育等各界组成的代表团，对接巴斯有关方面，进行全面接洽与合作。王书记感谢我作为"红娘"为双方牵线搭桥，我则在极为钦佩的心境中，衷心祝福合作成功，并祝两个城市借此牵手之机，腾飞，双赢。

第二辑 书香满堂

书是最可靠的阶梯

中国有句古话:"人往高处走,水往低处流。"

人怎么往高处走呢?

——读书。

高尔基说过:"每一本书是一级小阶梯,我每爬上一级,就更脱离牲畜而上升到人类。"

上　篇

去年的一个夏日,我在王府井等车。忽然有一位中年妇女走近我,大声叫道:"哎呀韩小蕙,你还认识我吗?"

我仔细端详,但见她穿着一件T恤,一条褪了色的七分裤,头发随便地别在脑后,一副劳动妇女的模样。我抱歉地说:"您是哪位,我怎么有点儿想不起来了?"

她又叫起来:"哎呀,我是电子管厂的小王啊……"

噢,我突然想起来了,这是我当年一起做工的小伙伴,她比我晚一年进厂，比我小一岁。众所周知，"十年浩劫"使我们这一代人失学，当年我初中没毕业就进了工厂，做了八年工，直到恢复高考制度，才重新进了大学门。

她见我认出她了，非常兴奋，也不顾周围的行人，扯开嗓门说："你还当记者吗？我呀，都退休好几年了，现在西客站帮人看烟摊儿哪，混呗。咱们那拨小青工啊，都和我一样，早退休啦，小李在北海看自行车，小杨在饭店当清洁工，小崔支了一个修自行车摊儿，小沈在家看孙子，要说还就数小邢混得好，在使馆区打扫卫生，拿钱不少……"

临分手时，她热情地对我说："你要是买烟就来找我，我就在第 × 候车室旁边……"

望着她的背影消失在滚滚人流当中，我感慨万千！一下午都有点儿恍恍惚惚的，二十多年前的往事，一幕一幕地在眼前滚过——

1970年6月，天气刚刚见热，突然传来消息，由于连年上山下乡，北京市严重缺乏劳动力，所以要提前把一半应届初中生送到工厂。没过几天，我就被分配到北京电子管厂了，那时我刚过完十六岁生日。我很兴奋，因为虽然说是在上初中，可是文化课几乎就没上，再说，高中还没恢复，继续上学无望，不如早点儿参加工作吧。

6月28日一大早，我六点半就出家门了。赶到我们厂一看，嗬，可真是现代化的大工厂，真气派呀！高大的厂房一字排开，里面的工人师傅都穿着白大褂干活儿，涂着各种颜色的气体管道像彩虹一样纵横交错,循环水柱把万颗珍珠洒向天空……我们数百个小青工一起欢呼起来!

不过进厂的第三天,我就褪了激情,沮丧不已——我发现自己原来什么都不懂,只能在流水线上从事最简单的劳动。就这么"文盲"地混一辈子,到四十岁退休?

不行!我四处搜罗了几本书,开始自学。

起点太低了,自学开始得杂乱无章。没有人指导,当时父母都在干校,哥哥姐姐都上山下乡了,家里就剩下我一个。车间里的工程师们有学问,但惧怕担上"腐蚀青年"的罪名,问十答一,顾左右而言他。我懵懵懂懂的,东一笊篱西一勺地找书、借书,每天下班师傅们走后,就独自面对着一大桌子书,啃。

当时我读的书,有《共产党宣言》《路德维希·费尔巴哈及德国古典哲学的终结》《政治经济学教科书》《毛选》《初中数学》《化学元素周期表》《海涅诗选》《普希金选集》等。后来,又找来了《高中数学》《简·爱》《金蔷薇》《土地》……反正乱七八糟,能找到什么算什么,懂不懂,硬啃,囫囵吞枣往下咽。

当对读书特别刻苦,困了累了,抹几把凉水。还学着运用科学的学习方法,前两个小时学政治,再两个小时做数学,等精神不济了就读小说。如果有事耽误了,第二天就要补上。遗憾的是,从此,时间就变成了一匹奔马,老是一阵风就疾驰过去了,拽都拽不住。

我们实验室的师傅都是女的，都挺善良的，不断有人问我学这些干吗呀，是不是不甘心当一辈子工人，要改变自己的地位？

倒真没想那么多。当时"四人帮"肆虐，看不到一丝曙光，什么恢复高考上大学，就是神仙也掐算不出来呀。之所以这么头悬梁，锥刺股，只不过是不想瞎混一辈子。何况，书中虽没有黄金屋，但书里有一只勾魂的手，越读越觉得自己可怜，越读越放不下，心心念念！

记得有一次来了一个实习生，从北大附中拿来一百道因式分解题，悄悄告诉我，这是"文革"前的题，可权威了，也可难了。我们俩就偷偷做起来。果然奇难，开始时两天也解不开一道，把我们绕得脸都绿了。然而一旦做出来了，那个兴奋啊，恨不得蹦上天去摘云彩。后来，一道道越做越快，一百题最终被我们全部攻下，为了庆贺，我们决定再做一遍……

那可真是开心啊——学习的快乐，是最提升人的一种快乐。青年高尔基当水手时，别人都在酗酒说下流话，他却在肮脏的环境中读书，并由衷地感谢说："书籍使我变成了一个幸福的人，使我的生活变成轻快而舒适的诗，好像新生活的钟声在我的生活中鸣响了。"我觉得自己的情形十分相似，当别的小青工们打牌、织毛衣、谈恋爱时，我孤独而充满喜悦地读着书，从内心里体会到了高尔基的幸福感。

漫长的八年，从十六岁到二十四岁，我一天都没有松懈地学习，而且还开始了文学创作。虽然并没有什么明确的目标，学习方法也是幼稚的、愚笨的，但熊熊的知识之火照耀着黑暗的地平线，给我以力量和信心。最终，迎来了化雪破冰的春天，1978年经过第二次考试，我考上了南开大学中文系！

下　篇

2004年，我获得了第六届"韬奋新闻奖"。当《青年记者》杂志的记者问我"怎样才能做一名合格的新闻人"时，我首先回答的两个字是"学习"。

1982年经过四年的寒窗苦读之后，我从南开毕业，被分配进光明日报社。

又是报到的第一天，领导带我们参观。走进总编室，老编辑侃侃而谈，标题怎么做，导语怎么处理。我冒冒失失问什么叫"导语"，惹来新闻系毕业生的嘲笑："都到报社来了，连什么是'导语'都不知道！"

确实不知道。而且，什么是五个W，消息、特写、通讯的区别，社论、言论、短论的不同，等等，这些新闻学最基本的ABC，统统都搞不清楚，根本没接触过嘛。于是，又一次什么都不懂地开始，又一次踏上了自学的茫茫征程。

从书店、图书馆、老同志的书柜，搬来了《新闻学概论》《编辑记者入门》《新闻写作ABC》《版面编辑的理论与实践》以及中外优秀新闻作品集，下了夜班，吃饭睡觉之外，全部时间都埋在书堆里。后来分到文艺部当文学编辑和文化记者，为了尽快了解工作对象，我又废寝忘食地阅读现当代名家名著，以至于有一天我七岁的女儿突然跟我发脾气:"我长大,绝不当编辑记者!"她是嫌我老在读书写作,不跟她玩儿。我的眼睛立刻湿了,可是我不能放下书,女儿啊,请你原谅我!

书,引导着我一级一级地不断攀登。渐渐地,凡是在文坛有头有脸有点儿声响的作家,我都能脱口说出他们的作品、特色、为人,版面水平越来越高,成为我国几大著名副刊之一,我自己也被誉为"活的当代作家词典"。

坦白说,与其他前后进报社的数百名大学生相比,我的先天条件很差,既没有靓丽的外表可资利用,又没有灵活的心眼儿会察言观色,只会老实干活儿,不会说不能道,更是智商平平、才能平平。但我之所以能成长为名编、名记、名作家,还被南开大学正式聘为兼职教授,一切功劳皆归于——用功读书。

书籍是建立在时间里的灯塔,照亮了我们最暗淡的生活,它是一座真正的大学。今天,回顾我的人生道路,可以说命运待我不薄,但我体味到:命运并不是上天所凭空赐予,而是知识对勤奋的褒奖。只有自己努力读书学习,不断登上新的阶梯,才能驾驭命运的航船,在无垠的大海遨游。需要说明的是,我并没有轻视工农、轻视当年那些小伙伴的意思,退休以后,他们靠自己的劳动,为社会做着一份贡献;可是,当年他们之中也不乏智商、天分和条件都高于我者,本来是可以为国家作出更大一些贡献的,只不过没抓住光阴努力读书,这辈子就只好"人生长恨水长东"了。

到现在，读书依然是我每天必须的功课。随着社会的飞速前进，随着新闻界不断涌进大批高学历、新知识、朝气蓬勃的年轻记者，使我产生了越来越深刻的危机感——必须加紧努力读书，不断学习新思维、新知识、新技能，才能保持在高端潮头，不被日新月异的社会大变革落下。狄德罗说："不读书的人，思想就会停止。"当然，攀登也就会停止，那么生命也就停止了！

不仅如此，我还老想把这些思考，灌输给周围的人——想当年在工厂高考时，在我的带领下，有好几个根本没有信心的小青工，最终以二百多分被扩招进走读大学，永远地改变了人生命运；今天，为了不至于被迅猛而来的新闻改革大潮所淘汰，我亦不断在力所能及的范围之内，强调着："学习！""学习！""学习！"每次领导来征求意见，我也都要提上一条：请抓紧编辑记者们的学习培训工作。书籍不仅能改变个人的命运，更关涉着我们民族和国家繁荣昌盛的明天！

2005 年 8 月 14 日于协和大院

冬雪雪冬读书暖

日前见到一位久违的女友，问她这几年都做了什么？她回答："哎哟惭愧，一没做事，二没读书，瞎忙而已。"

我听了，心有所动：她把读书也列入和"做事"一样重要的、平生必须做的事，这使人想起了我们来到世界上所应承担的责任。

做事，也就是我们所说的事业、工作，这在中国人的一生中，所占比例最大，也是咱们生命的主要存在形式，每个人都要做、做好，这且不说了。

而读书，在古代，也曾是古人生命中重要的内容之一。西汉大学问家刘向曾说："书犹药也，善读之可以医愚。"可是在今天这个时代，特别是在商业大潮的汹汹冲击下，有许多人越来越不重视读书了，有的人甚至以广播、电视、网络、手机、娱乐……完全取代了读书。举个身边的例子：马上就要过年了，可是耳畔听到的都是上哪儿吃去、玩去、看电影去、旅游去，包括广播、电视上的各种节目，很少听到谁说打算在春节里读上几本好书。

去年的一项调查表明,全社会的读书率又有所下降,这可真不是一个好趋势。培根的话言犹在耳:"研究历史能使人聪明,研究诗能使人机智,研究数学能使人精巧,研究自然哲学使人深远,研究道德学使人勇敢,研究理学与修辞学则使人知足。"那么不读书呢?没知识的照样是愚氓,有知识的不进则退——如此,在激烈的国际大竞争中还怎么去取胜!

读书,也还有个怎么读——苦读、死读、速读、慢读、拙读、巧读、踏踏实实读、浮浮躁躁读、投机取巧读……的问题。学风问题也很重要。

所以,我决定在今天的"文荟副刊"上推出这块"读书专版"。请读者跟在这几位作家、学者的后面,进入他们的书房,更进入他们的读书境界。如果您能重新找回昔日苦读的时光和心境,还有读书的快乐,还有"读,然后知不足"的那一份至真至纯的享受,则是我们编辑最盼望的。

2006年春节前于光明日报社

人生难得一痛悔

历史永远都是现实的。

2006年12月初的一天,我去中华书局参加一个座谈会。同去参会的著名学者、中国社会科学院的鲁迅研究专家张梦阳先生,突然走过来跟我索要一本书,说是多年了,他每次到书店都询问而始终没有买到,它就是《永久的悔》。

我当时心里一热:这部源于20世纪90年代初、我们《光明日报·文荟副刊》无奖专题征文而编纂的书,的确是一本内容非常特殊、随着社会心态的巨变而再难现身的书。七十七位作者,基本都是文化界知名的专家和作家,他们依"永久的悔"这个绝佳的人生角度,打开回忆的闸门,反思自己的生平,袒露个人的秘密,剖析隐秘的灵魂。当是时,商品经济大潮虽已在社会上滚滚滔滔,所幸还没席卷到文坛,远未达到今天这样的出席活动给钱、发言给钱、写文章给钱的后现代程式,当然更没有书法绘画能卖大钱、炒股能挣大钱(也能赔大钱)的"公民合法的财产性收入"。当时中国知识分子的心态普遍是宁静的,大多数人选择的尚是"立言、立德、立身"的传统学人之道,安于寂寞,沉下心来做学问;也还愿意真诚、虔诚、至诚地"吾日三省",严肃地思考有关灵魂、品格、品位等方面的问题,并敢于撕破自己的胸膛,从容地面对自己的灵魂。

一个时代有一个时代的风尚,很难再回头,更无法复制了。"行行复行行,与君生别离",大幕已经拉上,我手头珍存的这部书也随着时代的舞步,渐渐隐没于岁月的帷幕之中。我遗憾地跟张梦阳先生抱歉,实在无法报知遇之恩了。

偏偏事情都爱成对成双。三个月后,有一天我们报社的李副总编也来跟我索要这部书,说他刚从外地参评中国新闻奖回来,与会的辽宁人民广播电台的姜丽彬台长跟他说,她也是几年寻购《永久的悔》未果,始终心心念念的,这回好不容易碰上光明日报社的人,遂托他跟我要一本。

这样的事,在早些年《永久的悔》刚出版时,我碰上过好多回,不稀奇。但却真没想到已经过了十多年,这部书居然还能被这么多读者忠实地惦记着,这在当下这个人越来越忙、压力越来越大、越来越没时间读书的社会风气中,恍若神话,真有点儿让我"心潮起伏"了!

这也就勾起了我的一桩老心事:当时我们的征文虽然"无奖",然而由于荒煤、冯牧、公刘、叶君健、叶楠、邓云乡、张中行、季羡林、吴冠中、马识途、李国文、张洁等多位大家的倾心鼎助,掏心窝子地捧来泣泪、泣血、泣灵魂的至文,一时间在读者中引起了极大的反响。据说当时很多读者每周专等着看这一天的《光明日报·文荟副刊》（我们副刊是每周出一期），有的人是期期不落，剪报、装订、珍藏——能被读者这么衷心地拥戴（今天的时髦话叫"追星""粉丝"），我心里甚感欣慰。同时，也出于一种自己给自己加压的"责任感"，我就四处"活动"，想要出成一本书，从而留下那段在历史的倏忽之间未被遮蔽的心灵史。

最终，是华艺出版社的金丽红女士一锤定音，帮我圆了出书梦。然而当时的华艺出版社才刚刚起步，远没有后来红透国中的辉煌；金丽红也还没有生长为中国出版界的大腕儿，未及后来的叱咤风云之概，故这部二十九点七万字的《永久的悔》被印成了密密麻麻的小十六开本，而且只印行了一版五千册，更没有发布会、研讨会之类的造势运动，因而很快就淹没于金风银雨的"婚外恋"中去了。

再后来的岁月里，我又主编了各种各样主题的散文集，至今已达五十四部，不可谓不多。把它们排成阵势，横看成岭侧成峰，从内容到文字水平，部部都可以说是"地平线"以上的天马行空；而从装帧和印刷追求上，越到后来越精美，确实不虚"赶超世界水平"了（而绝不是20世纪50年代起被我们说惯了嘴的那种虚妄的"超英赶美"）。更有2003年，由光明日报出版社出版、我主编的反映在美三百万华人生活状况的六卷本大型散文集"美国新生活方式丛书"，荣耀地走进美国国会图书馆举行首发式，第一次把华文出版物捧上了世界图书展台,轰动一时,辉煌一时。然而,在我的内心深处,却总是系着一根不断的红丝线,始终铭心刻骨牵着《永久的悔》——大概,是因为它是和我的心灵、精神、魂魄最契合的一部书吧。有时在万籁俱寂、心如止水的阅读中,我会突然从文字中抬起头来,环视头顶上的冥冥苍天做如是想:每个人的一生中,每个人的生命轨迹里,都是有着属于他的几部书的,那就是他的生命图腾吧!

同时,《永久的悔》又是我的一面镜子,"以人为镜,可以正衣冠"的镜子。其中那些君子的道德操守,他们所体现出的人类的大美,无论何时,无论何地,都永远是引导我心灵的北斗。无论我在滚滚红尘中怎样雾失楼台,在人际场上如何月迷津渡,还是在风云际会中被庸人、坏人、小人陷害排挤而败走沙场、失了乐园,没关系,只要捧上《永久的悔》读上几篇,一颗躁动的心就干净了,安静了,花洗尘,月涤霜,树欲静而风亦静,只一会儿,就把坏人、坏事、坏情绪的毒素排了出去,把君子高贵高洁高妙的情操引了进来。好比当空飞来一支响箭,划开了一条境界完全不同的天河,顿时,高空大地、远山近水、自然万物,都明澈得无须复言,只觉得我是向着神圣飞升了——这,应该就是哲学家们所言的"升华"吧。

这些年来,在看惯了的秋月和春风中,我的确从《永久的悔》中得到一次又一次升华。感恩的心,也就使我一次次动起重新出版这部书的念头。然而,这一次更难了,市场经济,利润先行，对没把握赚钱之书，避之唯恐不及属于编辑的正当防卫，这是任何一家出版社的当然的生存权利。然而我不死心，而且执拗地认为，这部能够安抚灵魂的书不但不会赔钱，还能成为常销书——不是吗，今天我们大家都已日益感觉到，越是身处"电子时代"，肉身飞腾得越高，灵魂的不安宁也就越来越频繁地来袭了，寻求安全的精神泊地，将会越来越成为认真生活者认真生存的重要支撑点。

现在，我终于可以满怀激情地对人民文学出版社道上一声"感谢"了，不愧为国家第一大文学出版社，大手笔，肝胆皆冰雪。我的感谢当然不仅代表我自己，还代表着珍惜这部书的所有读者同道。

最后，我还一定要表达对那些逝去的文学前辈的悼念。风雨匆匆，世事匆匆，转瞬间，《永久的悔》中离我们而去的，已有冯牧、邓云乡、公刘、荒煤、张中行、吴奔星、李佩芝、唐达成、叶君健、洁泯、叶楠、冯亦代、金克木等十多位大家！人生不再相见，每一忆及，更分外地让我想起当年向他们约稿时的情景，那时的他们还都是雄姿英发，谈笑间，稿子写成了；而今却是"笑渐不闻声渐悄"，"枝上柳绵吹又少"了，悲夫！

不过，我相信文字有灵——在高高的天国云端上，他们也一定看到了今天这部重新出版的、印着他们椎心泣血文字的新书。薪火相传的孕育就在他们的微笑中对接完成。而对于仍活在人世的我们来说，山一重，水一重，境界一重，澄明一重，在今后的人生道路上，我们必须走得更好，永生永世，都要选择君子大道！

2008年3月25日于北京协和大院

我的散文写作姿态

人的一生无比奇妙,未知是它魅力四射的源泉。但未知与有知也是相对的,临界点在于每个生命的自我认知,或者叫作自我价值的认定吧。

岁月在一分一秒地过去着,我越来越欣喜地发现自己身上存在着一个高贵品质:特别善于看到别人的优点,并且虚心学习之。

世界那么大,天空,陆地,海洋,恐龙,鲸鱼,走兽,飞禽,家畜,人;春天那么深广,田野,溪头,山峦,柳梢,草尖,花蕊,眼睛里,感觉中,心坎上……这所有所有的美,在你经过的路上,更在你经历的人身上。

因为工作关系,我经历的人比较多,特别是文化界的饱学之士、名家大师。我基本上是以一棵小草的姿态,用崇拜或钦敬的眼光看着他们,这种敬谦自然让我获益良多。而对于一般人,不论男女老少,我也要求自己做一片温暖的阳光,以善意,以明朗,以助力,以合作的心态待人以厚,因而,亦学到了我所不具备的种种。尤其是对于我同性中的杰出人物,我打心底里认为她们是目前中国乃至全世界最优质的一群,对她们的天分、才华、成就、品质乃至美貌,我都倾心喝彩,从不嫉妒,热情赞美有加,这也使我自己变得越来越年轻。

即使对于年轻人,"80后""90后""00后",我也如同一枚红火炭一样,既能吸纳他们身上的耀眼光芒,也能给予他们灼灼热量。你看,他们多么优秀啊,一个个小小年纪,就能把各国外语说得哗啦哗啦,把微博、微信、易信、支付宝、余额宝以及网上的一切新鲜玩意儿玩弄于股掌,在各自专业领域叱咤风云的同时,还捎带着把世界风云尽收眼底。他们懂得可真多呀,我在他们这年纪,还傻得连美元都没见过……

至于相较于我的新闻界、文学界同人们,我就是一个永远的列兵。这两个行业,都是将才、帅才、大才云集的虎贲之师,才子和精英们每天都在运筹帷幄,沙场点兵,把一面面红旗插满了泰山、华山、恒山、衡山、嵩山乃至喜马拉雅山,如我智商平平者,只能跟在后面努力冲锋,做一名优秀的列兵。

如此,我觉得自己也有点儿小小了不起:看清了世界与自己,同时也厘清了自己与他人之间的绳墨,进入了物我交感,物我合一,物我两忘,物我皆如行云流水的境界。如是,我也就渐渐生长为一株不虚妄、不轻狂、有目标、有追求的向日葵,永远向着文学的太阳,终日追随!

这就是我的散文写作。让我稍感惭愧的是,我从别人身上学到的多,但自己给予别人的却比较少——非不愿予,实不能也。天外有天，人外有人，散文之外有散文。有那么多文章都写得那么精彩，有那么多作家都那么有天分，有才华，满腹经纶，起点那么高，落笔那么漂亮；更加上古往今来、古今中外有着多少巨擘大师挥毫，留下了满天华锦，云舞霞飞，真的让我只有敬仰，捧读，吸纳的份儿哪！

也可以说，这是我整个的人生姿态。

2014 年 3 月 15 日，于北京马连道莳蔓堂

好散文的因素

墙上的月份牌一年年飞速翻过,世界在加速,社会在加速,生命在加速。我对写好散文的认识,逐年在加深。

一、生命的激情

不只散文,任何好文章,都是用生命灌注的,就像我们人类繁衍子嗣,上一代人将自己的血肉精气神儿徐徐注入下一代的肌体内,孩子慢慢吸吮营养,长大起来了;大人渐渐输干了,衰老了,乃至最后"走"了——就这样把生命彻底转给了下一代,物质不灭,生命永恒,天宽地厚,万物德馨。

文章的烈焰必须用生命激情之火点燃。君不见有些文章,甚至有些名人之作,动辄引用一大堆唐诗宋词,表面上看文辞俊美,华彩四溢,可就是不感动人,此疾也。

二、哲学的光芒

哲学是所有学科的象牙塔尖。哲学这座人类思想文化所达到的最高山峰,只有大智慧的人才能攀上去。

天底下作家多如浪花,但能具有哲学意识者却寥寥。史铁生是一个,他的《我与地坛》是公认的当代散文经典,分析其优点,乃时时见到哲学精神的光芒,在她的照耀下,地坛里的每一株大树小树、每一枚花朵草片,都穿上了文学的美丽衣衫,走到高高的祭坛之上,成为点石成金的主角。

三、诗意的审美

一言以蔽之——表达须美。比如演戏,要想出彩,装和妆都要漂亮。我们行文的诸角色,如语言、结构、节奏、意境等,也当然不能是舞台上平庸无光的那一位。

那么诗意为何物呢?套用前面的句式,如果哲学是所有学问的塔尖,那么诗歌就是文学王冠上的钻石。"在被晚霞氤氲得一片橙红的田野上/风儿轻轻拂动草尖儿的声音/那就是诗。"如果散文能达到这种大美的风景,就可以称作"诗意"了吧。

以上三条对于散文,我认为是最不可或缺的。其他,还有几条。

（一）胸怀

胸怀是人的立身之本。一身大才而一贬再贬至黄州、至惠州、至海南，搏瘴气，住草棚，与昆虫蛇蝎为伍，苏东坡始终保持着达观的心态，从不汲汲于个人际遇的悲苦，一生"胸怀祖国，放眼世界"，被称为有胸怀的人。

（二）见解

没有独特见解的文章，人家不爱读。余秋雨的《文化苦旅》为什么能创出数百万册的当代文化奇迹？在于他对中国文化有着独特见解。比如他对20世纪中国文化与世界文明之关系的概括：20世纪的中国文化，是发现、保存和研究的世纪，但是我们缺少创造；寄希望于21世纪，中国文化能够创造出被世界承认的文化经典，对推动世界文明做出更大的贡献。

（三）智慧

智慧不是学问，不是掉书袋，学问易得而智慧难求。例子俯拾皆是，南帆的《数字时代》说的皆我们身边司空见惯之事，电话号码啊、银行账号啊，一经智慧的眼光看透，点破，顿觉新意涌来。

（四）个性

个性历来不是中国特色，因为儒家文化提倡的是"克己复礼"，不似西人推崇张扬个体精神。但无个性的人没劲，无个性的文章亦无趣。季羡林先生曾评论贾平凹的散文，说不用看作者名字，只读上一两段文字，就能知道是他写的，这是赞扬贾平凹的文章有个性。

（五）趣味

趣味也不能没有。明代学者张岱说他不交无癖之人，我理解这个"癖"即趣味。著名评论家谢有顺曾有专文谈到散文趣味的重要性，他说："要让生活从过去那种单一的政治空间里解放出来，变得每个人都可以忍受，每个人都可以在其中很好地活着，唯有一条途径，那就是恢复生活本身的趣味性、丰富性和多元化——这样的生活也同样会蕴含出巨大的转变、破坏和重建的力量。"可惜现在这似乎还显得奢侈了点儿，当下的散文创作基本与国情同步，小康尚在初级阶段，绝大多数散文还顾及不了趣味的层面。

（六）幽默

幽默的情况要好一些。我理解，幽默有天生的成分，主要是靠后天的修炼，要集中人生的大智慧才能修成正果。启功大师是杰出的幽默分子，平时的一举手一投足之间，都能时不时幽上一默，就把许多人生的苦涩过滤掉了。作家队伍里的聪明人比例很高，很多人具有出色的幽默才能，这也是智慧的结晶。

（七）情感

情感不只是散文人最爱说的"真情实感"，还应包含着更大、更宽、更深厚，以及更人类、更世界的内质。真情实感只是生命的底色，却够不上做文章的底色。余秋雨先生讲过一个通俗的例子：若论真情实感，谁也比不上新生儿的父母，但如果他们天天喋喋不休地向你叙述小宝贝会哭了、会笑了、会拉了、会尿了，你不烦死才怪。情感应能载得起千古文章的重量（"水能载舟，亦能覆舟"），它是比大地和天空更广阔的人的心理活动，既包含着真情实感的表面华彩，亦蕴含着理性过滤后所留下的人生况味。人而无情不是真人，文而无情不叫文章。文章合为时而作，文章合为事而作，感情不到，光是满纸辞采，有如旧上海里弄的万条晾衣竿，红绿玄黄紫，又摇曳生风，然而，谁能卒读！

（八）思想

然而所有这一切，都还不是最重要的。排在第一位的，乃是思想！有思想的文章才有力量。古往今来，歌咏岳阳楼的文章何止千万，独因"先天下之忧而忧，后天下之乐而乐"的光辉思想，范仲淹的《岳阳楼记》成为千古绝唱。

"思想最重要"，是当代大学者张中行先生晚年的一个重要观点，此中有典故，要多说几句。2005年初秋张先生住院，他的追随者田永清将军引我去看老人家。一进病房，就见行公穿着蓝白条的病号衣，正靠在病床上闭目养神。还是老模样，寸头，长方脸，没瘦也没胖，无喜亦无忧，一副天高地阔的淡然。见我来了，露出高兴的微笑，坚持坐直身子，眯着眼睛听我们说话。

田将军问："张先生，您老觉得对于创作来说，什么最重要？"

行公连磕巴都没打，马上作答，五个字："思想最重要。"

我一下子愣住了，心里开了锅。当时、后来以及现在，都还不断思考的是：貌似行公这样一辈子只读书，不表现，连个小组长都没当过的布衣学者，为什么竟然这么说出了这么"主旋律"的话？而且斩钉截铁，毫不犹豫。

我个人是极为推崇这句话的，因为我一向认为：在文学创作的各种要素中，关于谁最重要的问题，个人都有个人的认识，包括各位大家，意见也不相同。比如老舍先生和叶君健先生都曾说过"语言"是最重要的，李国文老师也强调过他衡量文学作品的首要标准是看语言；托尔斯泰认为唯一的衡量标准是有无"灵魂"的激动；爱默生认为前提是要具有优秀的"人格"；狄德罗则强调文学以"感情"动人。而我自己在30多年的文学编辑生涯中，我的选稿标准，首先是看作者有无自己的"识见"，即观点。没有个人识见，只是跟着别人的影子亦步亦趋的文章，即使结构再精巧，文字再华美，其意义也是要大打折扣的，因为它们只不过是一种"技术主义"的写作，是用笔写的而非从心底里、从灵魂深处、从大脑的苦苦思考中迸发出来的生命的结晶。形象地说，那些没有内质的文章，只是国家大剧院华美的"蛋壳"，而非内里的歌剧院、音乐厅和小剧场；只是某些外形高端而非内置功能强大的模仿和追随型手机；只是电脑做出来的3D影像而非大自然的本真呈现……

是的，我们大家都看到了，古往今来的大师巨擘们，无一不是记录时代、体现时代、推动时代的大思想家；古往今来凡在文学史上留下刻痕的名著，也无一例外是时代精神的镜子，深刻映照出当时社会的本质发展走向以及世道人心，比如

《93年》《悲惨世界》《复活》《红楼梦》等。而有些故事也算精彩，语言也算精美的技术性作品，却只能归置到三流以下作品行列，比如《傲慢与偏见》《飘》《魂断蓝桥》，还有中国佚名的《北方风情画》、张恨水的"鸳鸯蝴蝶"等。当然还有更等而下之的作品，比如周作人、胡兰成等"汉奸文人"之作，虽然文学含量不低，但因先决的思想立场发生了问题，是逆历史潮流而动的，所以永远也不可能登上时代的前台。前些年有一股盲目和有意识吹捧这类作品的倾向，文学界人士纷纷站出来予以批评，我坚决支持。

这也是我为什么评价鲁迅高于其他同时代作家的原因；也是我为什么在勃朗特三姐妹中，给予夏洛蒂·勃朗特的《简·爱》以最高分的原因；也是我为什么会万分惊讶当代英国人竟然把简·奥斯汀列为他们"最喜爱的作家"，忍不住写出文章，为培根、蒙田、弥尔顿、拜伦、雪莱、乔伊斯等英国著名的思想型文学家们"招魂"的原因所在……

在张中行先生去世以后的日子里，我看到他老人家的女儿们的回忆文章：当别人称行公为"文学家""哲学家"时，行公更愿意称自己为"思想家"——在人世间，这大概是行公最推崇的人物角色了吧？而我认为，他老人家是担得起这崇高称谓的：不说他几乎倾尽一生心血的《顺生论》曾被人称为"当代中国的《论语》"，该书将"人"从降生到归西的整个生命旅程都讲了一遍，告诉我们应该如何平顺而正确地在地球上走一遭，其中有许多睿智的识见，是一部非常高明的哲学著作；仅说老人在生命最后十余年的时间里，突然爆发出无与伦比的生命劲力，放射出一辈子最明亮的光彩：20世纪80年代到90年代，他"猫"在北京人民教育出版社那间简陋的布帘小屋中，平均每周写三到四篇思想性随笔，火山喷涌一般地吐露出深心久蓄的思考。其中多一半作品都涉关时政，老人始终在密切关注着中国改革开放的前行方向以及遭遇到的种种问题。有时不便写入文章的，就与周围的年轻人讨论，时而说出几句妙语，大家会心一笑。我在此证实：很多人完全不了解张中行先生，错误地以为他只是一个"两耳不闻窗外事，一心只读圣贤书"的学者，其实不然，行公一直是心心念念于中华民族的国富民强，即使自知个人的大限快要到了，仍然心系着天下苍生！他躺在医院的病床上，摒除嘈杂的喧嚣，一遍遍地回顾着自己坎坎坷坷的一生，总结着自己读书、行路、工作……的毕生所悟。最终，他把自己"修身、齐家、治国、平天下"的毕生追求，浓缩为"思想最重要"这五个字——这是他留给世界的至真至切的告诫，言者谆谆，听者谨谨，让我们永远铭记于心吧！

要说好散文的因素，还可以无休止地说下去，因为做文章做学问是无底洞，"何处是归程？长亭更短亭"。散文别看篇幅不大，可要是能写出一篇上好之作，实在是难上之难事，百炼成钢，非夸张也！

2017年7月29日，于北京马连道蒔蔓堂

放开一切束缚

散文写作真的是一项艰难的工作,永远觉得不满足,永远觉得呈现和目标之间的距离怎么那么远!用理论来套散文的创作,也很难说到点上——我非轻视理论,但写作者们都知道,创作是辛苦的,当我们写不好的时候,当我们突破不了自己的时候,会觉得特别绝望,所有的理论都救不了命。

当然,散文的理论也很难。比如说关于真实与虚构,这个问题总有人问我,但我一律不敢碰,因为这个事是说不清楚的。有理论家说过"真实性是不可追问的,但真实感是可以追问的",也许有道理。而我个人越来越悟出的一个道理是:在这博大的世界上,真理绝不是在一个人或一个方面的手里。真理其实是大家的聚沙成塔,每个人从自己的角度探索出一点点的同时,即为接近真理做出了一点点贡献。有时候敌对双方,论战的双方,他们虽然在争论甚至打斗,但其实都各自占有了一点点道理。在我们的生活当中也是这样,每个人从他的角度看问题、谈意见,都占有着一点点客观性的真理,都会有一点点道理。说回来散文的真实性，我个人认为，从情感上和创作态度上来说绝对不能欺骗读者，必须表达作者的真情实感；但从创作实践和创作手法上，又应该允许探索，允许多姿多彩的表达手段。

退一步讲，如果非要干涉作家应该怎么写、不能怎么写，不让他们自由表达，那他们就只能运用曲笔了。古代文人就这么做了，他们就常常运用曲笔，借天堂或者地狱说事。具体说到我的创作，大家知道我不是一个技术主义者，但有时候，用传统现实主义手法表达，写着写着，写不下去了，便只能换用或言借用其他笔法，虚构即其中的一种。它们是自己来的，不是我故意营造的——说来，小说创作是营造的，虚构是必须的手段，基本上是按照提纲加以想象力而写；但散文不是，很多时候它是自己闯进来的。我写过一篇女性主义的文章，是在2004年开世界妇女大会时，题目是《一日三秋》，它就是自己来的。当时在各大宾馆、会堂里面，来自全世界的女性兴高采烈地大谈女性解放，可她们完全不接地气，她们的空谈与真实的女性生存、女性解放差得天上地下呢，说难听点儿，简直就像那位晋惠帝听说老百姓都饿死了竟张口问他们为什么不食肉糜。我无法接受这种荒诞，忍不住想说话，就写了。现实状况很荒诞，单用传统的手法根本表达不出来，所以我就也荒诞了一把，如此才能表达出我的复杂情感。我主张在创作手法上，应该无拘束、无羁绊、无限制，放开一切束缚，鼓励尝试一切手段，只要能把心中真实的情感表达出来即可，它可能就是一篇好文章。这就是我心目中的"散文的真实"。

我有两个基本的观点：一是文学是不分体裁的，散文也好，小说、诗歌、戏剧也好，报告文学也好，都是人为的，都是我们自己给自己加了框框。下笔时，管它是什么呢？咱不管那些说散文应该怎么写，小说应该怎么写，咱们写就是了，只要写出来、写得好。我总觉得中国古代文论的"气"说，如"精骛八极，心游万仞"等，是很有道理的。大家都有这种经历吧，有时候觉得心里盘着一团气，必须得把它写出来，什么时候写完了表达出来了，"气"也就消失了。文章跟"气"是有关系的，跟体裁、形式是没关系的，这是我自己的体会。

这二十年来我一直在编散文年选，每年的作品都多，写作的热情非常高，大家都在汹涌地表达，有点儿长篇大论，动辄上万字几万字，纸面上表达不了还到微信上、微博上去表达，当代人真的是特别想通过散文表达出各自心中的那团"气"（可惜有时候只忙于自我表达，却你也不看我的，我也不看你的）。所以我判断，散文创作还可以长盛不衰。有观点认为当下散文写作是太杂乱了，而我不认为这是缺点，我们的社会好不容易从一元走向多元了，这种多元的表达特别是还加上新媒体的表达，一定会给散文插上新的翅膀，这是好事情。

美的固执

《手心手背》是我2013年新出版的散文集。在二十四部个人作品集中,我自己最喜欢这本书的封面。拿给文人朋友们看,大家亦皆显出喜欢的神色;后来又有美术行家看到,也颔首称好。我这颗外行的心,才算真正自信地飞腾起来了。

原本,它长得不是这般面貌。作为一套十本奉献给初高中学生的散文读本,它的封面设计皆大面积留白,只在右上角处斜着镶嵌了火柴盒大小的缩略图画;书名"手心手背"用的是黑色,字号两大两小。我固执己见地坚持着把小图放大至整个封面,把书名换成特号隶书体,并换成紫色,同时把书脊也换成紫色。于是,它就变成了她,变成了现在这样青春靓丽、充满童心爱心清纯之心的漂亮模样了。

我很兴奋,敝帚自珍——终于按照自己的心愿做了一部书。

说来我是学中文的,只会写字,一笔也不会画。但几十年来,架不住对美术的满腔热爱;架不住努力学习;架不住特别爱琢磨各种书籍的封面；架不住老跑美术馆；架不住攒了一大堆画册有空就看；架不住结交了一些画家朋友，且时不时从他们身上采点儿仙气；架不住当了三十年副刊编辑，也就是说已经在自己的版面上刊发了三十年美术作品；架不住这一年多以来，又搞起了《光明文化周末·文荟》的彩色版，使我对色彩有了感觉，甚至还着了迷，每次拼版，都和小编辑们反复试验着图片与文字的位置关系、色觉关系、呼应关系、过渡关系、和谐关系……并不断沉浸在这种学习—琢磨—实践，复学习—琢磨—实践的良性循环中……

况且，艺术的本质是美。各种艺术的灵魂是相通的。因而美是相通的。

就拿我们文学副刊来说，如果说名家名作是厚实坚固的地基，那么好标题就是平坦华美的大理石地面。这几十年来文坛出现的几个经典好标题总令我念念不忘，有张洁的长篇小说《无字》，铁凝的中篇小说《永远有多远》，还有鬼子的小说集《被雨淋湿的河》，多么有创造力和诗意的名字啊，一下子就把读者的双眼烙在文字上了。好标题和好书封面的作用就是这么重要，必须瞬间就把读者迷倒，不然现在这么多报刊、电视、网络信息……谁还能顾得上看你？

所以这些年来，无论副刊面貌几度旧貌换新颜，无论编辑们新人换旧人，我们对好标题格外上心、格外用功、格外使出浑身解数的传统不变。我认为，好标题至少应该具有三个因素：第一悬念性，曲径通幽，引人入胜；第二故事性，丰富生动,无限联想;第三文学美韵,即把文学的美蕴化成音乐的旋律,淙淙流淌直至咆哮奔腾。而经过我多年的揣度,一本好书的封面,也同样不可欠缺了悬念性、故事性和文学美韵这三大因素。特别是给青少年做的书籍,更要从他们的内心出发,要吸引住他们,拉开他们一味埋头 IPad 的手,转而引导他们把书翻开。

至于从绘画和装帧的技术角度来说,笔墨固然重要,但我觉得图形更重要。我喜欢画面满天满地的这一路,像西方的油画,层层叠叠,一浪高过一浪,最好能像德拉克罗瓦的大油画那样,每一寸、每一分、每一毫都重击着你的心(当然,中国哲学有空灵派,中国艺术有简约派,中国画有淡雅派,对于讲究留白和喜欢素雅的各位,我也万分尊敬)。而在我的心目中,色彩更重要。还是个人偏爱,我坚决主张:色彩必须强烈,非同凡响,敢于用流俗所不敢用的颜色(比如曾见李可染先生的某些画作,于青山绿水中突然插入极端的朱红色块,顿觉灿烂耀眼);必须在一大片图书中一下子就抢眼地跳出来,让人一下子就看能到这颗出墙的红杏。当然,各种色彩还必须和谐,大呼大应,小呼小应,不能虾兵蟹将各自生猛,乱糟糟飞鸟各投林。

还有一件事使我好几年不明白,刚好在这里就教于各路高手:一段时间以来,装帧设计界流行使用小字,不光书籍封面,就连名片也用六号字甚至七号字,直叫人看得一片片月朦胧鸟朦胧。我是真的跟不上这奇怪的时尚:字是让人看的还是故意不让人看见的?如果故意不让人看见为什么还要做呢?或许是我们著书人跟做书人为两股道上跑的车,追求各自不同?不过,各位著书同人,各位仁爱读者,写出一部书来多么不易,得要多少次花开花落,云卷云舒!所以,请原谅我的固执己见——也许我说的都不着调,但也请听听我们这些外行的臆想吧。

2013 年 7 月 16 日,于北京协和大院葳蕤斋

不要主观地降低阅读难度

中国书法家协会副主席林岫女士还是诗书满腹的著名词家，自今年2月份起，在《北京晚报》上开出《紫竹斋诗话》专栏，讲解中国诗词。《读诗当有眼高低》《善学终须三读先》《佳构难能妙法成》《诗通禅慧有佳诗》，从这些题目，就可看出其讲解是十分专业的、高端的。通读下来，学术含量相当于大学的古典文学专业课，有些论点和论据，令受过四年汉语言文学专业正规教育的我，也需要再去找些专业书籍参照学习——这是一个十分愉悦的过程，犹如又回到大学课堂上听讲，不单授我诗词的专业知识，也督促我用功学习，把系统读书再次列入自己的生活之中。

但孜孜"听课"的同时，我又着实有点儿替林先生，也替《北京晚报》担心：这么高端的"专业课"，讲授的还是与时下那些最受关注的理财、择业、工作、生活、健康……都毫不相干的古典诗词，会为读者所接受吗，她的受众能有几何呢？

这担心并不多余。尤其是近年来，国民的阅读难度似乎呈逐年向下趋势，大众的阅读从名著、原著—缩写本—漫画—DVD—网络—手机……一路演进，阅读越来越简单，越来越轻松，越来越不用费脑子了。除了在校学生，似乎很少看到还有人抱着古典原著、哲学、理论或其他有难度的著作在"啃"。与此相适应，报刊、电视节目、广播节目，也一而再地"改版"。特别是今年，故事大兴，多家媒体纷纷把严肃文学、纯文学栏目改成"讲故事"——读书被大面积地缩略为听故事了。

在这里，我一点儿都不是排斥故事，有许多充满生活情趣和哲理的故事，亦是启迪心智的良师。但若故事全面开花，以之取代求学、取代读书、取代钻研、取代探索、取代"啃"，那是不是舍本逐末了呢？若形成"风潮"，跟在读者（观众、听众）后面跑，就更不是媒体所应做的了。是故，我佩服《北京晚报》请林先生讲解高端的古典诗词。

孰料，事实是《紫竹斋诗话》专栏受到了热烈的追捧，该编辑部收到了非常强烈的喝彩，来自全国各地的读者的电话和邮件，一方面询问哪里能读到林先生更多的著作，另一方面盛赞这个能"提高人的水平"的专栏开得好。

由是得出的结论是：不能主观地将今天定为"消费时代"就什么都用消费立场对待之，也不可主观地将读者都定位在"快餐文化""消遣文化""浅阅读"的水准上，更不能一味地低估全社会的文化水平，以至于做出种种降低办报（刊物、广播、电视）水平的"改版"。须知，我们的大众基本知道而且信念于这样的道理：学习，是伴随人终生的永恒之事；读书，是充实知识,提升自我,使人不断走向高处的阶梯;同时,学习亦是一件艰苦的事情,好比古人之"囊萤映雪""头悬梁,锥刺股"。我们应该走在群众的前面,引领大众向着文化的高峰攀登,切不可沦为群众的尾巴。

2009年3月9日写,3月20日改,于北京马连道

再读夏洛蒂与奥斯汀

我有一个梦想，就是到英国去拜谒勃朗特姐妹们的故居。她们的家在英格兰中部的约克郡，19世纪时候被称为"约克荒原"，至今也没有发展成为繁华的大都市，而且周围也没有什么其他可以搭配上的旅游景点，得专程前往，最好的方式是自己开房车去。我是既无房车也无驾车，所以一直没去成，只能把这梦想一直存在心里。

相反，我在巴斯小城居住了近两个月，几度从奥斯汀故居门前走过，却没动过进去看看的念头。说起简·奥斯汀，中国文学爱好者们没有不知道她的，再提起电影《傲慢与偏见》，更是连中国普通老百姓也都知晓——在那华丽的电影里，贵族的男青年达西，最终下娶了平民姑娘伊丽莎白·贝内特，这极大满足了全世界普通姑娘们的人生梦想，所以这电影像《灰姑娘》一样，特有人缘而又知名度极高。

出于同样的原因，简·奥斯汀在英国也是特有人缘而又知名度极高。前些年英国曾有一项公众测试：你最喜欢的英国作家是谁？最终结果，高中榜首的，竟然就是简·奥斯汀。

哎呀，毫不避讳地说，这结果太难以接受了，我都觉得眼前似乎出现了一堵巨大的墙，上面涂抹的都是马蒂斯的画，既撕扯又残酷！因为要知道，古往今来，大不列颠诞生了多少伟大的作家啊：乔叟、莎士比亚、培根、蒙田、弥尔顿、笛福、斯威夫特、布莱克、华兹华斯、柯尔律治、拜伦、雪莱、济慈、司各特、狄更斯、萨克雷、夏洛蒂·勃朗特、艾米莉·勃朗特、乔治·艾略特、哈代、布朗宁、王尔德、高尔斯华绥、乔伊斯、劳伦斯、毛姆、赫胥黎、格雷厄姆·格林、多丽丝·莱辛、J.K·罗琳……不胜枚举，数不胜数，怎么数也数不上简·奥斯汀啊？

连在同时代的英国女作家中，简·奥斯汀也只能排在勃朗特姐妹之后。当然，这是我个人的排名，犹记得20世纪70年代，我偷偷借到《简·爱》，彻夜读完之后，竟像生了一场热病似的，恍恍惚惚，把革命任务忘得一干二净，脑子里全是倔强自爱而又具有独立精神、人文精神的简·爱！19世纪中叶，英国约克郡荒原上的平民女作家夏洛蒂·勃朗特，不仅将"男女平等"的旗帜插在了人类文明的"喜马拉雅山"上，同时，她还极具勇气地将"阶级平等""贫富平等""颜值平等""人众生而平等"等全人类寻找幸福的共同尖端话题一一提出，并给出了她自己的见解。《简·爱》是迄人类文明史至19世纪（甚或20世纪、21世纪）以来，用小说诠释出"天赋人权"思想的最鲜明、最耀眼、最具美感、最有高度的女性文学实例，没有之一，对教化民众特别是女性争取平等的生存权，对推动资产阶级革命，对促进天地人心的进步，起到了难以估量的作用。

今天我可以毫不讳言地说了，正是《简·爱》以及当时在我们年轻人之间偷偷传递的那一批禁书——司汤达的《红与黑》、狄更斯的《孤星血泪》、梅里美的《嘉尔曼》、都德的《最后的一课》、德莱塞的《嘉莉妹妹》、海明威的《老人与海》、赫尔曼·梅尔维尔的《白鲸》、弗兰克·诺里斯的《章鱼》，以及莎士比亚、巴尔扎克、雨果、托尔斯泰、屠格涅夫、普希金……给了我三观方面的巨大影响，使我对当时的社会有了批判性认识；同时，也打开了我眼前璀璨无比的世界文学宝库。不消说，独立、有主见、有思想高度、坚持真理、毫不向假丑恶妥协的平民姑娘简·爱，成为深藏在我心中的女神；而夏洛蒂·勃朗特的写作宗旨——"不是为艺术而艺术，不是为自娱或取悦少数有闲者。坚持作家的社会职责，坚持文学的社会功能，坚持反对不道德的文学艺术"，也成为我毕生文学创作追求的目标。

在这样高耸的思想山峰面前，简·奥斯汀在我内心的分量就差多了。我当然一点儿也没有贬低这位讲故事高手的意思，但即使她的情节再曲折、细节再生动，也吸引不了我，因为我觉得她的作品都是市井生活，男男女女，恋爱结婚，吃吃喝喝，玩玩乐乐，没什么思想高度；而我更不能接受的，是她借作品中的人物之口，反反复复念叨的"女人最重要的就是把自己嫁个好人家"。她的女主角伊丽莎白·贝内特，与《飘》中的郝思嘉一样，尽管人物形象活泼开朗、人物命运起起伏伏，但我认为她俩还都停留在"依附男权"的传统思想阶段，不应是全世界女子们的楷模性人物。借一句流行语，现在的世界主潮已是"我的命运我做主"。

不过，英国人把简·奥斯汀树为他们心目中的老大，这件事也给了我很多启示和思考。我曾相当纯洁地以为，人类文明已经胜利地走入 21 世纪，经过几百年的启蒙教育，全世界的广大女性已经基本上懂得了什么是自爱，已经将"独立，自主"作为自己的人生准则；而那些一心想当王妃或嫁入豪门的"灰姑娘"，以及那些想通过"嫁个好人家"来改变自己命运的女性们，只不过是个别分子了。然而事情哪儿有这么简单！严重的问题不仅在于"教育农民"（20 世纪 50 年代前出生的中国人都知道，在苏联电影《列宁在1918》里，列宁非常严峻地说道："严重的问题在于教育农民。"后来，这句话在中国一时成了一句流行语），亦在于"教育女性"，更在于教育全体人类，助力他们不断克服自己本性上的"好逸恶劳""贪图享乐""不劳而获""嫌贫爱富""见利忘义"等劣根性。

当然，我这里说的已经不是简·奥斯汀和她的小说人物们，我也不是说当今的英国人是多么小市民趣味，我更不是哀叹"见钱眼开""以貌取人"等庸俗世风的倒卷回潮。我实在是为大不列颠的那些大师们惋惜——像莎士比亚、拜伦、雪莱、乔伊斯等巨擘，赢得了全世界古往今来的无上敬仰，为什么却在当下的英国同胞中找不到知音呢？

噫！微斯人，吾谁与归？

写于 2020 年 8 月 18 日再读《简·爱》后

莫言获诺奖的两点感想

一

很多年以前我说过：中国有两个半天才作家，一是莫言，一是贾平凹，半个是王蒙。为什么王蒙是半个？因为他的另一半已经被诗书礼仪的中国雅文化浸润去了。不可否认，中国传统文化存在着两个山峰：以士大夫为代表的雅文化和以农民大众为代表的俗文化。

莫言获诺奖的那几天，在我们单位的办公室、收发室、走廊、饭厅等处，凡碰到我的报社同事，交流的问题都是"莫言获诺奖是实至名归吗？""中国作家们怎么评价？"之类。这颇使我感到意外——看来，公众对莫言还真是不怎么熟悉。

当时，我也跟文学界的几个朋友讨论过："为什么是莫言，而不是别的作家，比如贾平凹、张炜、韩少功？"

虽然这是一个见仁见智的问题，难以说得清楚；但若把一棵树只画成几个大枝丫，而不是繁茂葳蕤的全体枝枝叶叶，那么就比较好办了。我的结论，现在依然只是简单的一条：莫言是与世界文坛实现了对话的中国作家。

到目前为止，所有的作家评论家们都在品评莫言的小说，《萝卜》《高粱》《檀香刑》《生死疲劳》《蛙》……前期啊、后期啊，纯真啊、粗鄙啊、魔幻啊、模仿啊……我想提醒的是，似乎大家都忘记了莫言还有一本书，即关于21世纪的文学前景，他与大江健三郎在20世纪90年代的一部对话集。印象中，那本书是很有理论高度的（抱歉本来我想找来重读，但怎么也找不到了），所论与大江健三郎旗鼓相当，说明莫言是具有理论背景的一位作家。在中国，具有理论功底的作家实在是不多，也许小说家们认为他们不需要理论，只要写好故事、塑造好人物就够了。但须知，这是浅显的认识。理论是学养的集成，小说家当然不是用理论语言说话，但无疑，应该具有学养底色和理论高度，因为随着人类文化水平的不断提高，仅靠生活经验的写作已经越来越成为过去式，现在国际上知名和不太知名的作家，大都具有本科、研究生的学历背景，有的本身就是某个领域的知名学者。这，也正是中国大多数作家与世界文学的差距，好在我们正在迅速缩短这个差距。

我还想起另一个例子：2009年法兰克福书展开幕式上，当主办方以毫不掩饰的教训口气，自以为是地向中国领导人说你们应该这样、不应该那样时，有的中国作家一时转不过弯儿来，莫言却立即反应了过来。他以特有的小说家的天赋，给德国人和全场来宾讲了一个故事：

> 一百年前，在我的家乡中国山东高密，流传着关于德国人的两个说法，一说是德国人都没有双膝，二说是德国人的舌头是分叉的。前几年，我带了几个德国朋友回家乡，我爷爷坐在我们对面仔细端详他们，后来把我拉到一边说，我看他们的膝盖好好的，舌头也和咱们的一样啊……

我立刻明白了莫言的话里有话，他是在批评德国人根本就不了解中国的国情，就在那里指手画脚，但为了书展的顺利举行又给主人留了面子——好一个智慧的莫言，他十分清楚应该如何与世界对话，而且展现出了中国作家的水平。

我还很赞同莫言的创作态度，他从来不曾为了获诺奖就照着评委们的口味去描红模子。不像中国的某位电影大导演，多年来的每一部新影片，都是挖空心思地走在揣摩奥斯卡奖获奖可能性的道路上，结果呢，屡屡被人看不起的同时还把自己变得非驴非马，完全丧失了自我的艺术激情。

当然，我对莫言的作品也有很多、很深刻的不满。比如我同意许多评论家们的批评：他有些地方写得太粗俗了，对丑的恶的展示让人联想到"趣味"这个词；他模仿西方文学方式来展开叙事，但缺乏世界性和人类大悲悯，与世界级文学大师尚有情怀上和理念上的不小差距；等等。特别是他的新剧《我们的荆轲》，我不认同他在剧中把市侩的出人头地俗念强加在荆轲身上，不仅使壮士蒙尘，也消解了中华民族几千年的英雄情怀，这在当下已经非常缺乏信仰的中国社会，尤其不可取。我真诚地期望莫言能够以此次获诺奖为契机，好好地反思一下过去的创作，特别是重新审视自我灵魂，在人类大情怀的意义上找到自己的差距，然后，精神饱满地投入新的创作，成长为托尔斯泰那样永垂世界文学史册的大师！

二

还有一点必须说，莫言获诺奖之后，中国文坛上有狂欢，有喜悦，有赞美，同时也出现了许多批评的声音，网上还有谩骂。谩骂我不赞成，你有理说理干吗骂人？骂人是非理性的，完全可以不搭理。

我还在一张报纸上看到一篇外媒文章，说是在国外，任何作家获诺奖，作家的所在国民都会欢呼不已，把他（她）当作民族英雄，可是中国人怎么啦，为什么还有这么多批评？

我不能同意那篇外媒的观点。批评、七嘴八舌，其实是好事情，起码说明了三个问题：

一、说明了中国人是有自己独立思考的，是成熟的民族。

作品写得好不好，哪里成功，哪里是败笔，写到了什么高度，写作者自己心里是最清楚的。同理，就一个民族来说，哪个作家写得好、哪部品写得好，达到了什么层次，中国的作家们和中国人民也都心里门儿清,哪儿用得着别人来做鉴定,尽管他们是德高望重的十几位瑞典老人。相反,如果他们鉴定得太离谱,还会受到中国人民的嘲笑呢。

幸亏此次他们评上了莫言,算是很正确很睿智。但是如果不让议论、不让批评的话,就是愚拙,就要走向反面了。

二、说明了中国人没太把诺奖当回事,更看中的是文学本身的高尚追求。

诺奖百年评奖,总的来说是严肃和权威的,推动了世界文学的发展,功德无量。但无可回避的是,它也有一些失误,错过了真正的大师巨匠而让有的低水平者入选。所有中国人都知道,不能以评奖论英雄;中国优秀作家们也懂得,不能为了获奖去写作。并且,他们更愿相信自己的文学鉴定眼光,更看中的是文学作品本身的品质和分量。

三、说明了中华民族对文学的深刻热爱,以及他们对自己民族的作家们寄予着深切的关怀和殷切的期望。

莫言获诺奖之后,在中国大地上掀起了巨大的文学热潮,普通民众、文学爱好者、各高校师生、各地的作家评论家、企业家、领导干部……有那么多人卷入其中;召开了多个研讨会,主题不仅涉及莫言的创作,还有诸如"如何理性看待诺奖""诺奖与中国当代文学价值重估""如何看待当代多元、复杂的文学生态""促进文学生长、繁荣的路径何在""现代文学与当代文学的比较""关心莫言,更要关怀其他作家""什么样的作家是好作家"等问题。

这么多人废寝忘食地阅读纯文学，这么多人面红耳赤地争论文学，这么多人在点灯熬油地思考中国文学的良性发展，这么多人在尽心尽力地帮助莫言找差距、寻缺点、挑毛病，衷心期待他以及中国作家们能写出更好的作品、取得更高的成绩，这是多么美好的景象，多么高涨的民族文学热情，多么值得夸赞的好事啊！

那位外媒记者，实在是太不了解中国人了！

2012 年 12 月 3 日，于北京协和大院葳蕤斋

南丁的启示

南丁,安徽人氏,自弱冠之年入豫,即把自己、妻女、全家悉数交与中原大地,最终变成地地道道河南人。南丁,著名作家,风华正茂时期以佳作《严凤英》等红透文坛,忽遭变故,不改弦更张,更没退缩颓唐,最终迎来春天,鲜花重放。南丁,豫军教头,弃文牺牲个人写作,呕心于河南文学之师,乃中原文学中流砥柱。南丁,本名何南丁,因其如雷贯耳,人争只称"南丁",以识其人、熟其人、近其人而傲然,灿然。

赵福海所著《南丁与文学豫军》一书,写出了南丁老师丰富多彩的生命故事,是一部人物实录,更是一部给人教益、让人升华的书。

第一点,是人格上的教益。南丁老师胸怀像大海一样宽广,团结和助力了几乎所有的河南作家,真乃奇迹,了不起!

他对河南作家的这种爱护、善待,全力以赴的扶持,是敞开胸怀的大爱,是人性善良的大爱。我们都知道,作家们的缺点是很多的,文坛的是非也很多,但南丁老师看在眼里,却

——屏蔽起来，在心里只留下作家们的才华和优点。他想的全然是怎么为他们创造条件，让他们拿出好作品，为河南的文学事业和新中国的文学事业做出贡献。这对当今文坛有着巨大的现实意义和教育意义。我们应该学习南丁老师的这种胸怀，能团结一切作家，能爱护一切作家，不管这个作家多么桀骜不驯，也不管他是亲近自己的还是不亲近自己的。

南丁老师让我们在喧嚣中停下来，重新仰望文学的灿烂霞光，重温文学的本初意义，重新回想起文坛曾经高举的优秀传统种种——是的，就像中华民族高举过"仁、义、礼、智、信、孝、亲"的文明大纛一样，我们的文学也曾经是民族文化的珠穆朗玛峰。

20世纪80年代初识南丁老师时，我刚做记者和编辑，是去河南参加一个什么文学活动。我当时稀里糊涂的，不知他是什么领导，也不知他是什么大人物，只觉得这老头儿这么和蔼，见人就笑眯眯的，一点儿也没架子，所以从心里觉得他特别亲近，特别愿意跟他待在一起，也敢跟他没大没小的。回到北京以后，心里一直留下这么一个美好的身影，留了很多年。过去，文坛上的那些老者、老文化人、老作家、老领导，整体上几乎都是这样的，都是很和善，很有学问，又有见识，对人——不管是老的、年轻的、著名的、普通的，一律都君子相待，特别有人格魅力，这就是我对老作家队伍的最初印象。南丁老师是这个队伍中的一分子，是我敬仰的老作家。

南丁老师他又是一个特别有原则的人。我记得当时好像是"清污"吧,又搞起了大批判,文艺界绝大多数人士都很忧虑。我就跟南丁老师说了一些事儿,还有我的想法。他极为认真地听着,表情变得很严肃,虽然插话不多,但我感到很安慰。有这样肝胆相照的领导和忘年交在身边,心里暖暖的,是一种幸福。都说"作文先做人",南丁老师就是活生生的旗帜。

第二点,南丁老师是河南文坛的大功臣,大家都说"没有南丁就没有当代文学豫军"。其实,他也是中国文坛的一位大功臣,他给大家树起了一个高度。此话怎讲?过去我自己老有一个认识,就是觉得作家第一,作品第一,而对大量作家当官,去做组织领导工作,觉得特别可惜。比如说昨天的陈建功、高洪波,他们做了官以后,非常耽误他们的写作,虽然他俩都勤奋一直没有放下笔,但如果没做官肯定能写出更高大上的大作品。今天的就更多了,比如在座的廖奔书记,还有何建明、李敬泽、闫晶明、张陵、吴义勤、施占军……今天的一大批作家、评论家,都做官了,肯定也都会极大地影响他们的写作。记不清是韩少功还是何立伟写过"忍看朋辈成主席",最终他俩也没逃过做主席的命运。我曾经替所有这些文官惋惜过,他们都是中青年才俊,正是出东西的时候哇。但是现在从南丁老师身上,我看到了文坛官员的价值,他们其实是牺牲了自己一个人的写作,却培养出了几十个,甚至上百个作家。这么一算,就非常值了;或者准确说,对他们个人来说非常不值,但他们用自己的牺牲换来了文坛的百花齐放,也是一种献身精神。从这么多年的实践来看,在文坛,还是得内行领导内行,所以还是得有南丁老师这样的内行做组织者,才能领导得了作家,领导得好作家们,对中国文学的繁荣发展发挥更大的作用。霞光万道终有起射点,这光源库的好坏、能源储备足不足、质量高不高,起着关键的作用。

第三点,这本书的写法有值得注意的地方。它其实是一个大散文,谋篇上有严密的架构,比如它"岁月稠""一生缘""时间点"等三个字的小标题,都是精心琢磨、打造安排的。从写法上来说,下笔形散神不散,随心所欲,似乎想到哪儿就写到哪儿,有时说着这件事就有另一件事插进来了,过一会儿又拉出去了。想怎么写就怎么写,怎么高兴就怎么写,天马行空,羚羊挂角,模模糊糊,却又浑然天成。

这种写法的优点是特别支持表达——其实说来,文学写作就是一个表达的问题,不在于你写的是小说、散文、诗歌,还是评论,不在于你用的是现实主义、理想主义、现代主义、后现代主义等什么主义;而是用什么手法表达得充分、舒服、兴奋以至于亢奋,就用什么手法表达。哪怕在同一篇文章里,将评论语言、诗歌语言、小说语言、散文语言共熔于一炉,得到了表达,表达得痛快,充分,酣畅淋漓,那就是进入了状态。今天的世界,互联网,大数据,博时代,微时代,各路当代英雄都在高调强调跨界,我想文学写作也可能会向这个方向延伸。其实,我早很多年就说过,读者不是看你写的什么体裁,也不管你是什么身份,他就是想看你写得生动、有趣、飘逸、漂亮和深刻。

作为一个散文家，我自己更愿意读到灵动、飘逸和饱含书卷气的绝美的文字。就像深沉严肃、一群黑西服的男性政治家中间，一定要站着几位靓丽鲜艳的女性领导人，那风景，才算得上绝佳。

2014年3月，于北京马连道蒴蒌堂

第三辑 四方八面

岳茔享堂、三碗清水及其他

这次走汤阴，学会了一个新词——"享堂"。

其实对很多知识渊博的人来说，"享堂"根本就不是什么新词，而是一个早有了上千年词龄的老词。以我在现场的感性理解："享堂"是一片墓地中，走进大门，面对的那间殿堂，里面设立着先人的牌位，供后人拜祭、缅怀、冥想。刚开始听到这个词的发音，我想当然地以为是"想堂"，但王清波先生认真地告诉我，不，不是后人对前人的想念，而是先人享受后代子孙的怀念。

对，孝敬前人，尊敬前人留给我们的生命及其他，让他们的灵魂在天国安息，这是中华民族世世代代的传统美德。后来回家查找资料，我确切地了解到，"享堂"是对墓地上建筑的通称，包括祖坟和祠堂。

汤水汤汤，我心芳香。汤水汤汤，我心向往。

王清波先生说一口经典的河南话，是汤阴县的岳飞研究专家，编著有《解读岳飞故乡》等著作。此刻，我们正站在汤阴一望无际的黄土地上。

这是中原大省河南省最壮观的初夏时节，一望无际的麦地伸展到天边，麦穗初见姜黄，漂亮得一如河南壮观的黄土地，它们正在集体发力，利用初夏的热风装满自己饱胀的渴望，迎来最后的丰收。在这无垠的麦地中间，空出了一个偌大的院落，就是现场的所在——河南省汤阴县周流村中的岳飞先茔墓园，世世代代，"老岳爷"的香火一直在这里点燃、传递。

"老岳爷"即英名流芳千古的岳飞大将军。在汤阴家乡人的嘴里，爷传儿、儿传子、子传孙，祖祖辈辈传到今天，就一律被老百姓称为"老岳爷"了。"老岳爷"早已成为护佑地方的神祇，在这片诞生英雄的土地上，没有佛教的大雄宝殿，没有哥特式的天主教堂，没有道观和清真寺，也没有其他一切拜祭神，只有岳飞庙。这里老百姓的神，他们拜的、信的、求的、亲近的、依仗的，只有"老岳爷"……

说话间，我们迈进了"老岳爷"先茔墓园，走入第一间享堂中。

大殿正面，是"老岳爷"一尊高大粗壮的彩绘雕像：虎背熊腰，方头阔脸，粉面朱唇，浓眉大眼，威风凛凛，浩然正气。一看就是出自最优秀的民间艺术家之手,手传心声,塑造的是家乡百姓心目中原汁原味的"老岳爷"形象。不过此刻他手上拿的不是刀剑,而是一支刀剑一样粗大的毛笔,拧着卧蚕眉,目视前方,一脸悲愤之色,似乎是想倾诉满腹的辛酸!哎呀,定格在汤阴老百姓心中的"老岳爷"形象,怎么会是这样的呢?

每年在这里,有两个日子是神圣的,比过年还过年。一是农历二月十五,二是大年三十,汤阴百姓蒸馍的蒸馍,制衣的制衣,携妻挈子去岳庙上香。这两日,庙中人山人海,万头攒动,成为汤阴最盛大的节日。久而久之,人们,尤其是妇孺,已经不知道这是"老岳爷"的生日和忌日,只知道此乃老辈人留下的传统和规矩,但凡到了这两天,就要去岳飞庙举行盛大的祭祀活动。

似水流年……

岁月留金……

在潺潺湲湲的日子之志书上,就留下了一连串有声有色的记忆:比如在20世纪30年代的抗日战争中,日本鬼子的两枚炸弹扔到岳飞庙的后山墙下,愣是不能炸响。又比如20世纪60年代汤阴地面上发大水,老百姓纷纷跑到岳飞庙去避灾,结果大水绕庙而过,就是没淹进来……

传说是人们心中的念想,信则有,不信也有!

汤水汤汤,我心铿锵。汤水汤汤,我心雄壮。

我感觉,虽然中华民族的浩荡历史中有着星海河汉那般多的贤人、名人、英雄、好汉等人物,但在中国老百姓心目中,岳飞是千古第一人;在中国老百姓的口碑上,岳飞是千古第一人;在中国老百姓的知名度,岳飞是千古第一人。

一代代华夏子孙,无论男女,谁不是从幼年起,就开始聆听岳飞大将军的故事呢——"岳母刺字""枪挑小梁王""大战金兀术"直至"风波亭"……各种民间艺术手段,比如评书、小人儿书(连环画)、剪纸、皮影、绘画、雕塑、各种地方戏,用来歌颂岳飞的也很多。我现在还清楚地记得小时候看的小人儿书,上面有岳飞骑着战马,双手舞动大枪,枪挑小梁王的雄姿;也记得看到最后,是岳飞和站在他身后的岳云,俱双手被绑,一脸悲愤,在风波亭英勇就义前的最后形象。及至后来稍长,第一次读到岳飞的《满江红》:

> 怒发冲冠,凭栏处、潇潇雨歇。
> 抬望眼,仰天长啸,壮怀激烈。
> 三十功名尘与土,
> 八千里路云和月。
> 莫等闲白了少年头,空悲切。

靖康耻，犹未雪；
臣子恨，何时灭！
驾长车，踏破贺兰山缺。
壮志饥餐胡虏肉，
笑谈渴饮匈奴血。
待从头收拾旧山河，朝天阙。

当时读罢这首词，我整个人僵在那里，感觉体内的血液一点儿一点儿被点燃、升温，直至沸腾！岳飞大将军的那种磅礴大气，那种正义凛然，那种对国家和民族至深至炽的爱、对敌寇切齿切心的恨，那种视死如归的尽忠报国之情，化作熊熊烈火，从此就开始在我身体里持续燃烧！最瑰丽的感觉，仿佛自己也抛却了女儿身，回到千年之前的古战场，跟着大将军"壮志饥餐胡虏肉，笑谈渴饮匈奴血。"——这就叫作"民族的魂魄""民族的热血""民族的英雄之气"吧？这样活着，才不枉一生啊！

我相信这不是我一个人的感受。

我恭恭敬敬地走上前去，立正站好，向岳飞大将军行注目礼。

我身旁，是中国人民解放军少将李存葆。早上出门时，我看见他穿上了军装，扛着将军徽章，全身上下庄严肃穆，连一个皱褶都没有。他慨然说："今天是去拜见岳飞，我得着正装，以示我的敬仰。"

我们朝岳飞雕像深深鞠躬。

就在此时,我再次看到走遍汤阴皆如是的一个景象——在岳飞大将军的雕像前,一字排开,只供着三碗清水。

我忍不住问讲解员这是什么意思?

那年轻女孩子回答:"表明汤阴人民对老岳爷的一种怀念。"

我又问:"那为什么是水而不是酒呢?"

她答:"的确是水,不是酒。这三碗清水每天都换,这个院子每天都清扫,都是老百姓自发做的。"

所答非所问,显然不能令我满意。

但是我不怪她们,她们还是太年轻了。

显然的,要寻找这个问题的答案,只能靠个人的悟性,自己去悟。

汤水汤汤,我心郁郁。汤水汤汤,我心悲伤。

我端详着第一碗清水,心想是了,这是歌颂岳飞大将军的丰功伟绩。八千里征云战月,他一次次从血雨腥风中将胜利高高举起,拯救百姓于水火,托举国家于危难,令敌手闻风而胆寒,亦是敌人永远攻不破的钢铁长城。这一张功勋累累的战功表,如清水一样澄明、清明、透明,不掺有任何杂质。

我又端详着第二碗水,心下明白,这是为了彰显岳飞大将军的尽忠报国之心。三十年征战一步一个脚印,直至成为支撑南宋江山的擎天柱。朝廷的嘉奖可以不算，视功名为尘与土；百姓的歌颂也可以不计，只算是鞭策前进的不竭的动力；为保家卫国，他把儿子、孙子乃至全家都送上了前线，一片耿耿丹心，天日昭昭。而他自己得到的是什么呢？除了敌人的惧怕，就是百姓的这一碗清水了！

至于第三碗水，当我的目光落在它上面，眼眶突然潮热了，心中大恸，塞满悲伤和愤懑。我认定：这一碗清水，是为岳飞大将军洗冤而备下的！

谁都知道岳飞是被秦桧一党害死的，因为找不到任何借口，奸佞们竟然生造出一个"莫须有"的罪名，使岳飞、岳云等抗金英雄没有战死沙场，却惨死在宵小们的刀下。这千古奇冤，虽然后来平反昭雪了，虽然后来令秦桧等人永远地跪在岳飞大将军的面前，任天下人唾骂；可是英雄已去，白云悠悠，山河破败，回天乏术。秦桧恶党所铸成的奇耻大辱，是永远插在中华民族胸膛上的一把刀，伤口一直在滴血，创痛永难平复！

唉，这历史的悲剧呀，在舞台上、在戏曲中、在小说里，文人们都给其安排了一个除暴安良的大光明结局，可是在现实中，善良而无奈的老百姓们，只能给尔准备一碗清水！

汤水汤汤，我心切切。汤水汤汤，我心激荡！

我扑向三碗清水。

清水亮亮堂堂，倒影中，又映出岳飞大将军手握巨椽，拧着卧蚕眉，一脸的悲愤表情。我肃然一顿，悟出了他写的是什么——

他在写："知音少，弦断有谁听？"

他在写："还我河山！"

他在写："尽忠报国。"

他在写："天日昭昭，天日昭昭。"

这最后的八个字，是岳飞大将军临终在狱案上写的，是他的绝笔。我坚信，就像他心中还有未竟的英雄事业，他心中也一定还有未竟的切齿誓言。那千般悲愤，万端慨叹，想来，应该凝结成四个字——"灭除宵小！"

是的，在历朝历代的统治者之中，有一些是忤逆民意、宠幸恶人坏人小人的昏君。因为谗言顺耳，因为马屁喷香，因为宵小能使其舒舒服服地堕落。可是呢，春花秋月，小楼东风，最后一个个都落得流水落花春去也的可悲下场。

这样，对我们一生的做人来说，面前就摆出了两种选择：一边是锦衣玉食，香车美女，高官大宅，拍马者前呼后拥——不过这是要付出代价的，比如出卖，既出卖别人，也出卖自己；比如作恶，既然你有了人生的第一次贪，就会有第一次的偷、盗、掠、抢；比如陷害，即使毫无干系，也必然要与"清洁"为敌，向忠良下手，做历史的逆子，因为青松的存在就是对腐草的蔑视和威逼呀！

另一边是三碗清水。这也是要付出代价的——尽管你饱读诗书，一身本事，并像岳飞大将军一样尽忠报国，赤胆忠心。

可是，你既然选择了不坠青云之志，也就必然要像岳飞大将军一样，劳心劳力，呕心沥血，明知其不可为而勉力为之，最后在宵小奸佞们的群殴之下，悲愤填膺，栏杆拍遍，慨然出世！

  汤水汤汤，我心芳香。汤水汤汤，我心向往。
  汤水汤汤，我心铿锵。汤水汤汤，我心雄壮。
  汤水汤汤，我心郁郁。汤水汤汤，我心悲伤。
  汤水汤汤，我心切切。汤水汤汤，我心激荡！

从岳茔享堂出来，从汤阴回到京城，从一千年前唱到今天，这支绵长的曲子，一直在我心中盘旋，不去——

2008年6月23日初稿，2008年7月1日再改
  于北京协和大院
原载《人民文学》2008年8期，
  入选"2008中国散文排行榜"

曾国藩故居诗文对

近年来浪迹天涯多矣,但也是很久都没有走过这么"忆苦思甜"的路了——不知转过了多少道山弯,掠过了多少条高速、国道和省道,又在乡镇的"牛肠路"上蜿蜒了个把小时,才于昏头涨脑中被一声"到了!"所击中,浑浑噩噩跟着下了车。

谁知,只转过一片碧绿的树丛,我便惊在了那里——

一大片荷花水域,足有天安门广场那么开阔,团扇一样的绿叶清丽地摆出淑女的造型,几只"09后"的红荷"才露尖尖角"。而这片绿水的大背景,是一臂弯般的青山,卧佛似的横卧着,推拥出一片粉墙灰瓦的大院落。但见从院落中伸出大屋顶数个,个个都是重角翘檐,昂首向上,做振翅欲飞状。大门首门庭俨然,旌旗翻动,有穿着灰色清朝兵服的"湘军"在看门站岗——这就是曾国藩故居"富厚堂"了。

此为湖南省双峰县荷叶镇富托村,今在湖南最年轻的城市娄底市界内。庶乎二百年前,曾国藩(1811—1872)在这里居丧守孝、读经史子集,后组建湘军、镇压太平军,被连连擢升,直至成为清皇室倚重的国家重臣,在血雨腥风的中国近代历史上,演绎了一幕又一幕云谲波诡的大剧。

由于曾氏故居远离尘嚣,说它在红尘之外也不为过,所以过去除了专门的研究者,很少有人到这里流连。近年来兴起旅游热,又走红了几部有关曾国藩的文学、史学著作,遂使人们对曾氏家族有了兴趣。娄底市人民政府出资对曾氏故居予以保护性修缮,于是来到这里的游客日增,有时节假日里摩肩接踵,大人呼孩子叫,成为娄底最有人气的景点。公路的改造也在着手进行中,明年肯定就不用"忆苦"只管"思甜"了。

我对曾氏,印象一向极恶。然而不料想,此番盘桓曾氏故居,却生出不少感慨,赋诗六首以记之:

(一)半月塘

万朵红蕖门前风,
逶迤绿荫堂后浓。
双峰哺育栋梁才,
荷叶托举曾文公。
两湖文化天下名,
三湘武业功垂成。
治学治军治邦国,
愈败愈挫愈"毅勇"。

"半月塘"即上面所说故居前面的大片荷花水域。由于舍命维护清朝政权,曾国藩先后晋升为两江总督、直隶总督,诏加"太子太保",封"一等毅勇侯",授"英武殿大学士",升"光禄大夫",谥称"曾文正公"。同治四年（1865年）秋,"素无终身官场"打算的曾国藩,准备先让家眷回籍"立家作业",自己以后再作引退。因夫人欧阳氏对旧居黄金堂门前"塘中有溺人之事,素不以为安",即令其长子曾纪泽"回湘禀商两叔",移兑富托庄屋,由其弟曾国潢、曾国荃以及曾纪泽经手主持,依照侯府规模,用十年时间建造了这片新居,取名"富厚堂"。

整个府院占地四万余平方米,土石砖木结构,取北京四合院中正对称风格,内外建有八本堂、求阙斋、旧朴斋、艺芳馆、思云馆和八宝台、辑园、凫藻轩、棋亭、藏书楼等各种建筑。正门上悬挂着"毅勇侯第"朱地金字直匾,门前花岗石月台上飘扬着大清龙凤旗、湘军帅旗、万人伞等,景象颇为壮观。整个建筑虽具侯府规模却古朴大方,雕梁画栋却不显富丽堂皇,基本体现了曾国藩对建宅"屋宇不肖华美,却须多种竹柏,多留菜园,即占去四亩,亦自无妨"的意旨。

同治五年（1866年）秋,主楼竣工,曾国藩夫人、子女和儿媳即回籍住进了这所新宅院。咸丰七年二月,曾父去世,曾国藩从江西奔丧返家,亦在这里居住了一段时间,直到太平军起,他受命中断守孝,奔赴战场。

湘军总领、湘文化符号——曾国藩这位湘人,成为中国近代史上最有影响的人物之一。

（二）富厚堂

> 曾氏故居富厚堂，
> 有厚无富不堂皇。
> 灰砖灰瓦木立柱，
> 石路石阶山字墙。
> 常念粥饭一瓢饮，
> 更记金银起祸殃。
> 治家严整苛律己，
> 朗朗青天书为上。

"富厚堂"原称"八本堂"，取曾国藩"读书以训诂为本，诗文以声调为本，事条以得欢心为本，养生以少恼怒为本，立身以不妄语为本，居家以不晏起为本，做官以不要钱为本，行军以不扰民为本"的家训，后曾纪泽据《后汉书》"富厚如此"而改现名。富厚堂虽不胜豪华，然当曾国藩得知修屋花钱7000串后，为之骇叹，曾在同治六年二月初九的日记中写道："接腊月廿五日家信，知修整富厚堂屋宇用钱共七千串之多，不知何以浩费如此，深为骇叹！余生平以起屋买田为仕宦之恶习，誓不为之。不料奢靡若此，何颜见人！平日所说之话全不践言，可羞孰甚！屋既如此，以后诸事奢侈，不问可知。大官之家子弟,无不骄奢淫逸者,忧灼曷已!"

曾国藩一生的确注重读书,崇尚节俭,并经常告诫家人"常守俭朴之风,亦惜福之道也"。同时,作为汉人的清朝重臣,整日里有着那么多清朝贵族的睨视和汉族同僚的嫉恨,他也无时不怀有如履薄冰的恐惧感,不能太张扬、不敢太张扬、不愿太张扬,以免惹来祸殃。所以他一向低调,诸事严格要求自己并管束家人,更不能把家宅修建得富丽堂皇,让自己的政敌找到中伤诋毁的借口。

由此思路寻去,才能明白富厚堂为什么修建得如此质朴。宏阔则宏阔矣,气象亦气象矣,却全部是一色的灰色基调,根本看不见描金绘银,也鲜有碧玉、翡翠、珍珠、玛瑙之属,在这一点上似乎连乡间稍富奢的地主老财都不如。不过这样一座灰色调的建筑,加上青山、绿树、蓝天、白云、碧草和大地的衬托,倒平添了自然天成的农家本色,氤氲出"耕读传家"的书卷之气,令人于森森侯门之内亦能感受到几分知性的亲切。于是乎,曾国藩也就不单是那可恶至极的"刽子手"和"卖国贼",亦在各人的感悟中,还原为有血、有肉、有温度,可触、可感、可叹惋的鲜活人物了。

(三)思云馆

天内兵风动中华,
白云深处有仇家。

> 诗书礼义遵正统,
> 忠孝节义倡教化。
> 巍巍朝纲孰敢动?
> 森森祖庙吾建搭。
> 思云馆里起风雷,
> 直将一身付戎马。

"思云馆"是一座二层砖木结构小楼,位于富厚堂围墙内正宅之北后面的小山坡上,曾国藩称其"五杠间而四面落檐,即极大方矣"。这是他为纪念双亡的父母,取古代"望云思亲"之意而亲自建筑的。在为其父居丧期间,曾氏"恪守礼庐""读礼山中",常在思云馆居住。

按说,曾国藩从偏僻山村以一介书生入京赴考,中进士留京师后,十年七次升迁,连升十级,三十七岁任礼部侍郎官至二品;又历尽艰辛为清王朝平定了天下,成为清代以文人而封武侯的第一人,这样的经历,在满人一统天下的清朝,简直就是一个神话。而特别令人不解的是,曾国藩又"素无终身官场打算",那么他拼了老命地征战太平军,到底在追求什么呢?

恰在此时,陈世旭兄过来点拨我:他说好多年前有一次,北京的满族老作家赵大年跟他玩笑说,感谢你们汉族的曾国藩,为保卫我们大清的江山不惜赴汤蹈火,不怕牺牲性命。而陈兄说,曾国藩哪儿是为了你们大清啊?他纯粹是为了自己的政治理想,对于他这样一个中华传统文化教化出来的正统书生来说，维护封建主义的国家秩序是天经地义，怎么能让"太平天国"那样的组织取而代之呢？那不是乱了朝纲、动摇了国家社稷，整个社会和黎民百姓都要完蛋了吗？

陈兄一语中的。历代封建统治集团都有自己舍身成仁的卫道士，"民为重，社稷次之，君为轻"，是他们共同的文化信念。对于曾国藩这样一个无权无势，单凭着自己的才华科考、升迁，一路循正统封建秩序走上国家政坛的昔日书生来说，虽然"太平军"大多与自己同为汉人，但却是天生的仇敌，所以他自觉地组建湘军，不惜中断思云馆里的守孝，以文官之身去征战疆场。

（四）无慢室

无慢由来德也贤，
《论语》教诲不轻蛮。
日日巨细殚精做，
夜夜苦读五更寒。
同是克己呕心血，
为何史论不正弦？
从来贤臣皆哀民，
曾公只砌帝王砖。

"无慢室"只是一个十几平方米的普通小屋子，大概是和家人或亲近朋友聊天的所在，比起故居内其他堂、斋、馆、室等，实在显得狭小而随意。但我喜欢这个地方，喜欢它出自《论语》"君子无众寡，无小大，无敢慢，斯不亦泰而不骄乎"的意境。

曾国藩实在是封建官吏中的楷模，非但不贪不占、不骄奢不淫逸、不鱼肉乡里不仗势欺人，而且处处以圣贤之言要求自己，日乎三省，言必子曰，真可谓正人君子。细查我当年所受教育的墨痕，这样追求道德人格完美的封建官吏，哪儿有啊？千古唯一的例外是蜀相诸葛亮，事无巨细，全部做得兢兢业业，最后鞠躬尽瘁而归，留下"两朝开济老臣心"的青史美名。

可是我又不明白了，为什么曾国藩也这么贵纲常、重人格，却从不被正史纳入圣贤行列？甚至就连正面的评价都很少，每一被提及基本都是白脸。即如他的以上优秀品质，也是我到了富厚堂之后才有所了解的。后来我想啊想，最后终于想通了：原因或可说是世界观问题没有解决好——曾文正公一生只肯做维护皇室的看家犬，从不屑做人民的孺子牛。

屈原《离骚》有句："哀民生之多艰。"此后，"哀民"就在正统的封建伦理纲常中，成为"修身，齐家，治国，平天下"的士人们追求的重要内容之一，以至于有些开明之君也把"哀民"顶在脑袋上。可是在曾国藩心里，只有帝王，从不"哀民"，他日思夜想、殚精竭虑的，只是怎么保住大清的江山和帝国的千秋万代基业。可以说，曾氏的"圣贤之举"只限定在卫道士的精神轨迹之内,没有民心的基础,当然不能"常使人民泪满襟"了。

也许我不该在这里提及,但我就是遏制不住地想提到周总理,他至今仍活在中国人民的心中,古往今来,周恩来才真正堪称"无众寡,无小大,无敢慢"的圣贤楷模!

(五)藏书楼

文人爱书不稀奇,
奇在位高倍珍惜。
公记、朴记和芳记,
卅万书卷压天地。
山河一统复何求?
不贵金银贵典籍。
一代重臣权朝野,
耕读传家归本裔。

富厚堂的藏书楼建于同治六年(1867年),分"公记""朴记""芳记"三部分:"公记"收藏的是曾国藩读过、批示过的书籍,以经、史、子、集、地方志、家藏史料及宋元旧椠为主;"朴记"收藏的是曾纪泽常用书籍;"芳记"为曾国藩次子曾纪鸿夫妇的藏书。全部藏书三十余万卷,超过中国近代史上著名的私人藏书楼山东聊城海源阁、江苏常熟铁琴铜剑楼、浙江归安皕宋楼、杭州八千卷楼,为近代私人藏书第一楼。曾氏藏书的独到之处,是保存了丰富的奏稿、书信、日记等家藏史料,为研究近代史提供了丰富的第一手材料。此外,曾纪泽搜罗西洋文化、科技图书较多,体现了近代藏书楼的特色。

据介绍,曾国藩曾经说他平生不积金银,独爱藏书,他一生也阅读了大量书籍,就是在当上国家重臣之后也还披星戴月地读书。曾纪泽、曾纪鸿兄弟俩虽没上过任何正规学校,但在曾国藩指导下,利用富厚堂藏书发奋自学,分别成为著名的外交家和数学家。曾氏曾孙辈十五人亦都在富厚堂西洋书籍中开阔了眼界,除三人早逝外,其余大都出洋留学,成为著名的教育家、科学家、外交家等。

书,从来是滋养人类成长的精神食粮。我以为:不论红脸、白脸,凡热爱书的人,都值得肯定和尊敬;凡为传承文化而起的藏书楼,都值得挂上千秋的金匾。

(六)古桂树

一树葳蕤碧玉雕,

晚清风重心迢迢。

百年空叹复兴梦,

人去堂空复摇摇。

天旋地转六十载,

中华翻身换新朝。

恨不腾身青云里，

寻出曾公喜相告。

  这株老桂树虽然有一百五十岁了，却正值盛年。满树繁茂的叶片像少女浓密的头发，像累累压弯了枝条的果实，像朝气蓬勃的青春的田野，像情绪高昂的长空雁阵，像蹦跳着成长的大群孩子，没有一枚衰黄的朽叶和衰败的生命痕迹混杂其间。相传它是曾国藩修建思云馆时亲手栽种的，它当阅尽了一百五十年来的世间沧桑……

  今天，当老桂树凌空俯瞰着眼前这片开阔平坦的人间春色，它不再为风雨飘摇的清帝国而哀叹，不再为哀鸿遍野的旧中国而哭泣，不再为新中国的一穷二白而摇头，不再为改革开放前的探索而焦急，亦不再为富厚堂的人去堂空而感伤……

  今天，它是从来没有过的旺盛茁壮，从来没有过的欣欣向荣，从来没有过的油光绿亮，从来没有过的开怀大笑……

  它满怀喜悦，为旧貌换了新颜的中华民族，放声高歌！

2009年6月14日完稿，6月15日定稿

于英伦巴斯雅文河畔

中华巨星落下闳

站在他的雕像面前,我心中刮过一阵又一阵风,不能不感到由衷的惭愧!

这是在四川阆中市的云台山上。俯身下望,滚滚滔滔的嘉陵江,已然变成一条静止不动的细绸带,在脚下的云层里无语凝碧;已有两千多年历史的阆中古城,也成为一个精致的棋盘,不动声色地演绎着巴山蜀水的今古对局。时间进入初夏,周围全是浓情厚重的绿意,还带着早晨的新鲜雨滴,使我们这些干燥的北方人,顿时换了一副清朗的胸襟。

然而,大煞风景的是我,面前的落下闳老人,我怎么竟然从未闻知先生的大名!

他站在整座山的最高处,深邃地望着远方,衣襟潇洒地飘起。身后的背景是一座高高的宫殿式楼阁,名曰"观星楼",寓意他一生的工作和成就。此楼据说是唐代始建,历朝不断修缮,最新的一次修葺是在三年前。

依仗着他的福荫,阆中市正在努力地申报"中国春节文化之乡"。阆中人管他叫"春节老人",因为正是他,在两千多年前确立了孟春正月为岁首的历制,一直沿用至今。而在他的朝代之前,商代是以十二月初一为元日,周代是以十一月初一为元日,秦灭六国后规定以十月为岁首,均既不利于农作也不合于四季。于是,西汉元封六年,汉武帝下令改历,落下闳作为民间天文学家,被征召至长安参与创建新的历法。他没有辜负重任,于太初元年(前104年)创立完成了中国古代第一部有完整文字记载的新历——《太初历》。全新的《太初历》重新确定了春、夏、秋、冬四季顺序,以孟春正月朔日为立春日(当时称为"寅月岁首"),前一日为除夕,除夕的次日为春节,同时将一年分为二十四个节气。这么重大的发明不可能没有阻力,当时各派争论激烈,不相上下,《太初历》和另外同朝研究者的其他十七种历法一并报给了汉武帝。后来,经过官家和民间的数十位天文历法专家的大辩论,又经过三年时间的实践检验,"太初历"最是科学合理,最终被汉武帝采用,颁行天下。从此以后,中国老百姓将正月初一称为"元旦""新年",民间习称"过年",这庶几就是中国春节的来历。

《太初历》作为历法的样板,两千多年来一直影响着中国社会的政治、经济、文化、生产、生活和科学技术的发展,同时也影响着世界文明的历史进程。英国著名科技史学家李约瑟说过:"东西方天文学发展对照表明,《太初历》在公元前104年颁行的101种历法中为第一。"

而就我个人来说,最让我为之倾倒的,则是"二十四节气"的创立——"春雨惊春清谷天,夏满芒夏暑相连,秋处露秋寒霜降,冬雪雪冬小大寒",这是《二十四节气歌》,妇孺都会唱的。我家小时工赵大姐自小在农村长大,来我家的十年里,记不得多少次,她跟我无限感慨道:"咱也不知古人怎么那么聪明,这二十四个节气呀,别提有多准了!说清明前后种瓜点豆,你就得那几天种下去,不然一年的收成就没了;说夏至收麦子,早一天它也不熟,晚一天又熟过了!啊(上声),你说说这古人,他是怎么算出来的呢?他可真比今天的人聪明多啦!"我呢,也跟着起劲儿:"是啊,惊蛰虫子就动了,霜降那白霜就来了,冬至天头就是一年中最短的,夏至就是最长的啊……"

当时,愚钝的我们俩,谁也不知道"二十四节气"就是落下闳发明的。自以为有文化的我,还满以为那是多少朝多少代的古人们,历经了岁月的风雨,在不知凡几的共同探索基础上,逐渐积累,推衍形成的呢!

一个人顶一万人!

然而,落下闳的伟大贡献,还不止于此呢!查阅有关资料,我惊异地发现,这位伟大的中华科学家,除了编制"太初历"、确立春节、创立二十四节气三大功绩外,还有两项大贡献,被永久地铭刻在人类文明史册上:

一是提出了"浑天学说"。他创制了浑仪(包括浑天仪和浑象),形象地展示了宇宙模型。并通过长期观测和科学运算,用事实论证了浑天说理论和天体运行规律,对当时流行的"盖天说"予以有力的否定。汉代大文学家、天文学家杨雄,以及《史记》《旧唐书》等古籍,对此都有确凿的记载。

另一大贡献是提出了"通其率"。这是在数学领域,他探索出了"连分数(辗转相除)求渐进分数"的方法,定名为"通其率"(现代学者称之为"落下闳算法")。"通其率"比印度数学家爱雅哈塔采用类似方法早600年,比意大利数学家朋柏里提出连分数理论早1600年,它影响了中国天文数学界长达两千年之久!

一个人的能力有大有小,这是我们都能平心接受的。可是,我却怎么也想不明白:一个人极限的能量究竟能有多大?究竟能做出多少项伟业?究竟能对推动天地文明的进步起到多大的作用?如落下闳,一生竟然是这样的轰轰烈烈,波澜壮阔,难怪李约瑟崇敬地称他为"中国天文史上最灿烂的星座"。在《中国科技史》一书中,李约瑟把落下闳时代的东西方天文学成就作了一个比较,共列出了十大成就,其中,落下闳一人就占有三个!而落下闳在天文学、数学、农学上的一系列开创性的贡献,也已经被学术界所公认,2004年9月16日,经国家天文学联合会小天体提名委员会批准,中国科学院国家天文台将其发现的国际永久编号为16757的小行星命名为"落下闳星"。从此,落下闳真正成为一颗璀璨的星星,永恒地闪耀在浩瀚无垠的星空中。

我们太应该记住落下闳了!

也应该让更多的人知道落下闳:这位伟大的中华巨星,出生于公元前156年，卒于公元前87年，享年69岁。复姓落下，名闳，字长公，是巴郡阆中（今四川省阆中市）人氏。他少年时生活在乡间，醉心于天象观察，逐渐小有名气，后经同乡、太常令谯隆和太史令司马迁推荐，被汉武帝征召入京。他终生不做官，也不计较级别、待遇，只一门心思沉醉于自然科学研究。最终，以其伟大的学术成果，在中国文明史和世界文明史上占据了极其重要的地位。

2010年10月6日，定稿于北京马连道莳蒌堂

江万里与白鹭洲

我是带着忐忑的心情到访吉安的。以前一提起江西,脑子里不知哪来的闪电一击,便与"老、少、边、穷"联系起来。可不是吗,"红米饭,南瓜汤","红土地,俵老乡",有谁听说过江西富得流油呢?尤其是井冈山所在的吉安市全境,早年是条件极其艰苦的中央苏区,有名有姓的革命烈士牺牲有五万余名,中华人民共和国开国将军达一百四十七位,占了全国总数的近十分之一。因此,说共和国是红米饭、南瓜汤喂大的也不夸张,革命根据地之所以能蓬勃发展,坚持下来,凭的就是山高如堵,林密若墙,致使"敌军围困万千重,我自岿然不动"。但从一枚硬币的另一面看去,新中国成立后乃至改革开放四十多年来,江西的发展受各方面条件的制约,给人留下的印象,似乎就是秋天的一枝瘦菊。

谁知,我确实是只知其一,不知其二了。江西文友曾兄敲响了我的心钟:你对我们不了解,我们江西可不是落后的代名词,不然也不会有"落霞与孤鹜齐飞,秋水共长天一色"了。

别的不说,你先来看看我们的白鹭洲书院吧。

我大窘,赶紧跳上悠悠千载白云,赶去拜谒。

白鹭洲书院始建于南宋淳祐元年(1241年),为昔日古赣四大书院之一,是吉州知州(知军)江万里先生创建的。江万里是南宋末年著名政治家,同时还拥有多个身份——将军、官吏、学问家、教育家、士林领袖、爱国丞相、民族英雄,是集各种身份于一身、留名中华青史的大人物。

我曾到访过岳麓书院、鹅湖书院等中国多座著名书院,其建筑和形制都大体差不多。因此,从迈入白鹭洲书院的那一刻起,我就起意:不说它的牌楼有多雄伟,不说它的大门有多庄严,不说它的匾额有多古雅,不说它的厅、堂、室、舍、藏书阁、石碑……有多宽阔。只想谛听千年隔空的"教室"里,是否还有生童们背诵诸子百家的读书声?只想寻觅书院的苍松翠柏之间,是否还有学子们切磋学问的身影?

我最想知道的,还是当年江老先生为什么要创建这座书院?

淳祐元年,对于偏安南方一隅的南宋小朝廷来说,形势一片不好,元兵日日紧逼,整个社会已呈现出明显的亡国之相,日子一天比一天难过。然而理宗、度宗两朝皇帝,仍沉湎于苟且偷生的梦想里,主观上一心求和,反复打压主战派。江万里是著名爱国政治家,虽宦海几度沉浮,多次被奸臣围攻、迫害、贬官,但其坚定抗元的主张一生未变。最后,竟然在元军攻破饶州城时,慷慨从容地率领十七位家人投水殉国,希望以此唤醒"天下忠义节烈之士闻风而起,聚集万千众人之力,保江山社稷不移腥膻,道德文章不堕宇内"。

这壮怀激烈的凛然,白鹭们都看到了,懂得了,理解了。滔滔赣江水也一浪接一浪涌来,把小小的白鹭洲一遍一遍地洗得更加清亮。还有绿得滴翠的芦苇、菖蒲、碧草和聪慧过人的虫儿们,一起摇曳着呐喊着,为江万里"院长"鼓劲加油,为白鹭洲书院的落成拍掌欢呼,并向一批批前来就学的学子们一遍遍诫勉,激励他们立下报国大志,发奋读书,锤炼成济世救民之才,去科举,去做官,去为天下苍生、黎民百姓造福……

那时,"江院长"正值不惑之年,人生最好的阶段,论学问,已是公认的学问大家,史书称其"问学德望,优于诸臣","议论风采,倾动一时",被尊为是与欧阳修、司马光齐名的文化名人。论官名,一生曾出任官职九十一种,从基层小吏一直做到国家最高权力机关的左丞相,无论在哪个位子上都政绩斐然,又始终清廉正直,赢得官府和百姓称道。论热心教育,更属于"办学超级控"。我分明看见,书院的大青条石台阶上,仍保有他急匆匆的足迹;我分明听见,各间讲堂和书舍中,还在回荡着他授课的声音,当年他多次忘记自己"士林领袖"的身份,亲自给生童们讲课,循循善诱,诲人不倦。至今,整座书院的每一条横梁、每一根立柱、每一面墙壁、每一块瓦片、每一粒泥土,都还虔敬地见证着"江院长"殚精竭虑办学的情景;同时也还在高山仰止他的辉煌成果:他竟然带出了十七位状元、两千七百多名进士,更有数千名精英学子(包括后面他又建起的道源书院和宗廉精舍两座书院），其中最有名者，是全中国无人不晓的民族英雄文天祥，简直就是与江万里老师一个模子里刻出来的。

"人生自古谁无死，留取丹心照汗青"，这荡气回肠的伟大诗句，真正是击穿了千年的风霜雨雪、刀枪剑戟以及不如意事常八九的蹉跎岁月，今日今时，仍震响在悠悠白鹭洲，震响在苍苍井冈山，震响在滔滔赣江水，震响在巍巍滕王阁，震响在十四亿中华儿女的心上，成为中华民族的精神图腾……

自白鹭洲书院的榜样引领之后，遍及古吉州城乡，竟然像春风吹绿大地、春雨催红花海一样，兴建起了千百座大大小小的各层级书院。若问世间什么最宝贵？青天、大地、群山、江海都会告诉你，那是人——人，是天下最宝贵的存在。一代大宋朝，在江万里自殉的四年后就亡了国，但千百万莘莘学子站立着，前赴后继，将绵绵五千年的中华文化，一代又一代手递手、心交心地薪火相传，保住了"道德文章不堕宇内"。刀兵如饿虎的暴元，短短九十八年就灰飞烟灭了。"尔曹身与名俱灭，不废江河万古流"，辉煌灿烂的中华文明，依然如日月经天，如江河行地，如春夏秋冬之四时轮转，如百花齐放之生生不息，传承至今天，仍是"野火烧不尽，春风吹又生"，仍是"大漠孤烟直，长河落日圆"，仍是"国色朝酣酒，天香夜染衣"，仍是"大雪压青松，青松挺且直"……

记不清是公元 13 世纪还是之后的哪个日子了，这一天，白鹭洲上发生了躁动，成百上千只白鹭在天空鸣叫、翱翔，相互传递着南归大雁捎来的一个重要信息：历史给予它们的"江万里院长"一个极高评价："古今完人，风范楷模"。"完人"，还是"古今完人"，这是鸟中凤凰、兽里麒麟，是对人物评价的"天花板"了，作为士林领袖，首先要求的就是人品，包括境界、胸怀、志向、操守、慎独，以及正直、善良、仁慈、助人、诚实、宽容、谦逊、守信、勤奋、好学、自律、克制等美德；作为政治家，他还一定要具备"居庙堂之高则忧其民，处江湖之远则忧其君"的襟抱，一定要身体力行做到"先天下之忧而忧，后天下之乐而乐"的高标。两宋历319年，出现了范仲淹、王安石等杰出政治家，出现了包拯、寇準等大名鼎鼎的清官，出现了苏轼、欧阳修等大文豪，出现了岳飞、文天祥等铮铮铁骨的民族英雄……而被称为"古今完人"的，唯江万里一人。只可惜，江万里率十七位家人从容赴死后，也许是江氏一族就此衰亡了，后世历朝对他的宣传很不着力，他的声名和事迹渐渐湮没在白鹭洲的烟波里。对此，最耿耿于怀的就是洲里的白鹭们，鸟通人心，一代代白鹭们年深日久地、激情不减地鸣叫着"完人，完人……"向着寥廓江天，向着经典的白鹭洲书院，一圈又一圈地盘旋，冲刺，翻飞。我看见了，它们一时摆出一行白鹭上青天的美景，一时又是万点梅花漫天开的风情。

白鹭洲，一个多么美丽的名字。无须任何藻饰，仅仅这三个字，就已把我们带进了这幅群鸟腾飞、洲肥水亮的画卷。

白鹭洲书院，它的神圣的光芒，今天还在吗？

当然了，还在洲中屿的袅袅烟波上，还在吉州窑的熊熊炉火上，还在渼陂古村的艳艳红藁上；还在欧阳修文天祥纪念馆里，还在杨万里诗画小镇里，还在青原山王阳明书院里；还在东固革命根据地，还在井冈山革命博物馆，还在北山烈士陵园；还在五百四十万吉安民众的心头……

它也永远还在我——一个 21 世纪晚学的心尖上。

2023 年 10 月 23 日于北京燕草堂

一千三百多年的回响
——说初唐侍御史王义方

中国江苏，淮安涟水。

2018年的这座苏北古城里，曾发生过一件感天动地的事情：郁郁夏风中，馨馨菜香里，两拨初次相见的人群，滚烫的双手紧紧握在一起，互相说着江淮话和海南话，久久不舍得分开。闻讯赶来的人越聚越多，有的绽开灿烂的笑容，有的一眨不眨地凝视，如同听着天方夜谭的故事……

"少小离家老大回，乡音无改鬓毛衰。"然而在这里的"少小"可不是离家几十年，而居然有了上千年；这个"鬓毛"也非一位老叟的由黑而花而白，已不知其是多少代子孙了。今天，"回来了"的这一支寻亲队伍，路程之漫长，跨越两千多公里；时间之绵长，得从唐初开始计算，于今已一千三百多年了！

也就是说，这一千三百多年，对于这两拨人来说，完全是"日日思君不见君"的渺渺空白。再明白一点儿说，这两拨人，都是黄皮肤、黑头发、红脸膛，说话的腔调却完全不同，一南（海南）一北（江苏），一千三百多年前，因为一个老祖，他们是亲兄弟哟。

这位老祖，一直在他们两个家族的牌位上，高居在顶端。他叫王义方，初唐人士，官职做到侍御史，一生为人正直，为官清正，勤勉做事，厥功至伟，在《资治通鉴》、国史、方志、笔记中均有记载，《旧唐书》和《新唐书》中都有他的传记，居"古今淮安名人"之列。而我在了解了王义方的史绩之后，脑洞大开，竟然想到：古往今来，中华民族涌现出的先圣巨擘和英雄豪杰太多了，以至于人们挂在嘴边上的，都是孔子、孟子、屈原、范仲淹、王安石、苏东坡、岳飞、辛弃疾、文天祥……这些一等一的人物。然而在人类历史的发展进程中，从来都是由英雄人物和大众共同创造历史的，这个架构可以用蜂巢来类比，是层层叠叠的构筑，每个巢都是由亿万大大小小的蜂王、雄蜂、工蜂呕心沥血打造的；这个架构也是金字塔，每个层级都熔铸着亿万大大小小的英雄人物和大众的灵肉；这个架构还是浩瀚无边的宇宙，有亿万乃至无数颗大大小小的星辰在闪耀。大星容易被人看见和记住，而数量更多得多的中小星辰们，则是宇宙天体的骨骼、筋络和血肉。他们的声名虽然没有一等一的英雄显赫，但若没有了他们的支撑，历史也就失去了骨血。所以，这种二等二、三等三的人物，也携带着高贵的民族基因，需要我们挖掘、整理、铭记和学习。

王义方是谁？

历史评价，王义方官衔不高，却以忠诚仁义的美德，荣登正史大堂。可惜的是，迄今知道王义方事迹的人不多。

历史也有机遇一说，人生也有机遇一说。

王义方（615—669）在世的五十五年，是唐初李渊、李世民、李治祖孙治下的三朝，相比较许多昏庸和荒淫帝王，这三位属于开国皇帝，还算听得进谏言，也还有度量招揽人才，任用贤臣与清官。故此，唐初施政还是比较开明的，社会风气和政风也还清朗。虽然前朝留下的门阀制遗毒尚强大，下层贫寒人士很难擢升进入上层，但读书入仕的通道毕竟还开着，于是社会上读书的风气还在，"地瘦栽松柏，家贫子读书"，这是下层有识人家的共识，也是他们个人和家族苦苦追求的出路。

王义方的父亲就是一位这样由读书入仕的小官。但很不幸，在他幼年时期父亲就病亡了；但他又很幸运，有一位识文断字且深明大义的母亲，不仅一直支持他勤奋读书，还循循引导他学做一个正直的君子，将来为国家和百姓造福。在这样良好的背景下，王义方饱读诗书，通学五经，才华超群，后被相中，入仕任晋王府参军、直弘文馆、太子校书等职。官阶虽然不高，但他做官态度端正，不随波逐流，不阿谀奉承，不结党营私，不蝇营狗苟，待人处事都有自己坚持的原则，敢于特立独行。这种卓然不群的清流姿态，虽不免受到奸佞和小人的忌恨和排挤，但也渐渐传开了，得到朝中一些清官贤相的器重。要知道自古以来，中国官场里一直就是清官和赃官并存的，这些评说也都在老百姓的口碑上。

王义方的名声后来传到大名鼎鼎的贤相魏徵耳朵里。经过进一步考察，魏徵看重他的人品与德品，"爱其材也"，决定把自己的侄女嫁给他。这对于寒门出身的小官吏王义方来说，不啻天大的喜事，从此他就可以攀上高枝，堂而皇之地步入庙堂了。但谁也没想到，对这门多少人求之不得的亲事，王义方竟然拒绝了，他想的是凭自己做出的业绩逐级升迁，绝不趋炎附势，以至于器重和喜爱他的魏徵多少次"每恨太直"。然而事情又发生了谁也没想到的反转，魏徵去世了，等丧事一办完，王义方便主动上门去求婚，并迎娶了这位魏家侄女。有朋友不赞成他的做法，认为人品追求上再君子，也要在现实中求生存，王义方却丝毫不后悔，表明自己不愿附势当红的权相，却又一直存有知恩图报之心。这样高洁自爱的美德，一直流传到今天，被涟水乡人们所赞颂。

中华传统文化中最正宗的精华要义，即立身立德，先做君子，然后才是做官、做事。历代政治家、思想家和豪杰人物，从童子时起就接受孔孟思想的雨露春风，把"天行健，君子以自强不息""地势坤，君子以厚德载物"当作立身之本，纷纷立志要像圣人一样为民造福，至集大成者，即范公仲淹的"先天下之忧而忧，后天下之乐而乐"，乃至后世的"天下为公"。王义方也行走在这个清官贤臣的队列中，还在他幼年跟着母亲牙牙学语时,童年随从母亲洒扫庭除时,少年帮助母亲饲鸡喂鸭时,青年听从母亲教诲发奋读书时,就树立起了"从清流、仇奸佞"的是非观,立下了将来为国家效力、为百姓造福的大志向。他的基因是中华传统文化的优秀基因,他的血脉里奔涌着坦坦荡荡的君子热血,他一直要求自己用克己复礼的君子标准做人处事,在当时的历史背景下,这是为人为官的最高境界了。

青史里还在流传着王义方的两个"让马"故事:第一次让马时他年方二十二岁,在去往京城的赶考路上。一天正匆匆赶路时,忽见一人已是疲惫至极,但仍跌跌撞撞地挣扎着往前走。上去询问,原来那人是颍上县令的儿子,因父亲病重即将离世,急急忙忙要赶回家去见父亲一面,家贫无马可骑,只能徒步赶路,日夜兼程。王义方听此说,知道是遇见了清官之子,感动的同时动了恻隐之心,便将自己的马让与他,也没告诉对方自己姓甚名谁,就转身一步一个脚印地走了。

第二次让马,发生在唐太宗贞观二十二年(648年),王义方被贬海南之时,刑部尚书张亮的侄子张皎被贬崖州(今海南海口),生活无着,暴病身亡,临终前请求王义方,将来若有回归内陆的一天,能否将自己的棺木送回老家,同时送回自己的孤儿寡妻,不致使他们流落到远在天边的琼地。王义方当即应允。翌年,王义方被调任洹水(今河北魏县)任县丞,果然君子一言,信守承诺,安排仆役带上了张皎的棺木及妻儿,并把坐骑让与孤苦无依的母子,自己则带领着家人步行。一千多年前的海南，乃野蛮荒僻之地，山高林密，怪石险峰，且毒虫遍地，野兽出没，很多地方连路都没有，连马都畏葸不前，其艰难可想而知。家仆心生抱怨，但见艰难行走在队伍中的王义方，也就无话可说了，并暗暗佩服这位自家老爷，拿他做榜样给自己鼓劲儿。最后克服千难万险，终于走过千山万岭，回到了北方。王义方跺了跺脚下坚实的黄土地，脸上绽出微笑，把张皎棺木送到故土安葬，又将其妻儿送回故乡，一切安顿妥当后，才踏上自己的赴任之路。

海南，海南。三年，三年

被贬海南，是王义方一生中第一次被贬，不是他的错，而是无辜受上级官员的株连，被贬到琼州吉安县任县丞。唐代的县丞相当于现在的副县长，级别八品，只能处理一些琐碎的公务，如负责粮马、税收等工作，没有实权，被同僚看不起，如果遇到县令的排挤，其工作就会更加困难。前面说过，唐时的海南是一个远在天边的一个恐怖传说，荒蛮未开发，民众未开蒙，简直不是人能待的地方，所以皇家特别爱往那里流放犯官，以示威权。据不完全统计，仅有唐一朝，先后就有李灵夔、李茂等五位李氏宗室，有韩瑗、韦方质等十四位宰相，被贬去海南。朝官中被贬去的就更多了，王义方是朝官贬琼的第一人。

说来，这是他们人生最凄苦的至暗日子，从风和日丽、丰衣足食的中原和江南，被贬谪到瘴气与毒虫遍地的"天边"，这些贬官的灰暗心情可想而知，有的人从此就颓废了，或寄情山水混日子，或借酒一浇心中块垒，或整日骂骂咧咧拍桌子打板凳……

王义方却采取了截然不同的进取态度。民众不是没有文化，懵懂未开蒙吗？不是被称为不知礼仪的"南蛮"吗？没关系，他放下行装之后，稍加安顿，就开始兴学办班了：首先召集各峒首领也即族长们，让他们挑选可教育的子弟，送来班上求学。从最基础的识字开始，王义方亲自授课，讲祭拜先圣先师的礼仪，讲老少尊卑的秩序，讲天地仁义的善德，讲明白道理的经学，还传授轻歌短笛合奏的音乐……这其中的艰难与辛苦，诡谲与传奇，曾被后人如此描述：

> 唐前御史王义方黜莱州司户参军，去官归魏州，以讲授为业。时乡人郭无为颇有术，教义方使野狐。义方虽能呼得之，不伏使，却被群狐竞来恼，每掷瓦甓以击义方，或正诵读，即袭碎其书。闻空中有声云："有何神术，而欲使我乎？"义方竟不能禁止，无何而卒。（《朝野佥载》卷六）

这一段描述之生动，令我遐想不已。虽然这段传奇记载的事不是在海南，而是王义方在中原大地上授课时的情景。在"耕读传家久，诗书继世长"的中原授课，尚且如此之难，何况未开化的琼地？按我的理解，所谓"野狐"的作乱，其实很可能是顽童们的捣蛋，那些未经教育的野小子们刁顽蛮横惯了，趴上墙头看着屋内授课的同伴中，偏偏没有自己，不百爪挠心，不扔个石子捣个乱，就不是他们了。

就这样，王义方在被贬吉安的三年时间里，首开海南教育之先河，将中华传统文化的种子播撒在"天边"的荒芜土地上。种子破土而出，小苗茁壮成长，年年、岁岁、代代，终至于连绵不息，成为沃土良田，收获了绵绵瓜瓞，椰风蕉月，面对大南海，四季飘芳香。

不抱怨，不气馁，不沮丧，不放弃，处江湖之远，仍积极进取，以一己之力推动琼地民心的进步，王义方被称为"海南教育第一人"。长长的三年，又是短短的三年，竟然做出如此的伟业，山山岭岭为之高耸，江河湖海为之扬波。

王义方离开吉安时，没有遗憾，倒是平添了不舍。左右权衡，他做出一个影响了千秋的决定：带着大儿子王承候回归大陆，把小儿子王承休留给了海南的父老乡亲……

矢志不改初心

让我们回到涟水。

过去在江苏，置身于淮安地区的涟水，不算富庶的县域。这个因涟河而得名的小县，比起苏州、无锡、扬州、昆山，只是个不起眼的小弟。但它的地理位置特殊，恰站在南经北纬分界线上,既教化于阳刚的豪迈北风,又被阴柔的南雨所温婉哺育。它的历史悠久,早在汉代就被汉武帝设县,名淮浦(前117年);它的人文荟萃,自古就有"智慧之乡"的美名,走出了诸多名人,如东汉广陵太守陈元龙、南朝宋文学家鲍照,还有比王义方稍晚的唐代清官徐有功,清代的古文家、诗人鲁一同。至现当代,有小说《红日》的作者吴强,还有从放猪娃成长为大作家的传奇人物陈登科等。

古代涟水的文人中,最有名的是鲍照(414—466),这位比王义方早两百多年的大诗人,在中国文学史、诗歌史上,恐怕是被严重低估了的一位。后人只知李白的《将进酒》,人人一张口都会吟:"君不见,黄河之水天上来,奔流到海不复回。君不见,高堂镜前悲白发,朝如青丝暮成雪……"但却没几人知道这"君不见"句式,其实是鲍照首创,他写的《拟行路难》:"君不见河边草,冬时枯死春满道。""君不见城上日,今暝没尽去,明朝复更出。"洋洋洒洒,一口气十八首"君不见",读来直抵肺腑,令人禁不住一咏三叹,以至于诗仙李白也不改制式地"君不见"起来。李白还从鲍照处仿袭了别的不少,以至于杜甫有诗评之曰"清新庾开府,俊逸鲍参军",就是说白诗的"清新"来自庾开府(庾信,513—581),"俊逸"则精髓于鲍参军(鲍照)。这位鲍照也是平民出身,给人做幕僚,费尽心力,穷其一生,最终算是进入了士大夫阶层。鲍照曾是贫贱的涟水农人,早年从事过农耕,但志向远大,喜爱读书,后终于被誉为"元嘉三大家"之一,他的成功之路对于当地人的读书入仕风气，起到了活生生的榜样示范作用，恐怕在幼年的王义方内心中，也如启明星一样在头顶上闪闪发光。

在涟水大地上晃动过身影的，还有诸多历史名人，比如盛唐边塞诗人高适曾在这里流连，并留下一首《涟上题樊氏亭》，有句"自说宦游来，因之居住偏。煮盐沧海曲，种稻长淮边。四时常晏如，百口无饥年。菱芋藩篱下，渔樵耳目前"，这诗写的，把当年的淮安描写得如在眼前一般。大书法家米芾也曾在这里挥毫，以至于今天涟水博物馆大门上的两块馆名牌匾字"涟水博物馆""涟水保卫战纪念馆"，就集自米芾的法书。黑底金色字，虽未署名，但一见其端肃沉雄气象，就知绝对是出自古人手笔，那是他们那一代代官吏的基本功，从童稚时期就已开始用功，蘸着清风朗月和云卷云舒，刻苦练就的。

涟水博物馆令我大呼惊奇，完全想不到一个并不富庶的苏北小县，竟然有着规模如此之大、品格如此之高的或可称为宏大叙事的殿堂。这里有新石器时期的三里墩遗址、笪巷遗址，出土大型铜马车等国家一级文物十二件；还有清代皇帝诏书以及各种石片、玉佩、陶片、陶器等，真让人意外。然而最吸引我的，还是有关人物的两则故事，一则是宋代涟水人嵇安（1189—1262）任沿海巡检使时，创疏决法，组织民众兴修水利，发展农耕，赈济流民，乡人赖以活命者无数。还有一则是北宋赵概（995—1083），曾在涟水做过家庭教师，后高中探花入仕，天圣五年（1027年）调任涟水知军，适逢涟水大饥荒，他力劝富人拿出粮食赈灾，救活了无数灾民，后为官清正，一直做到吏部尚书。

王义方的故事当然也在这里绽放着，如一颗夺目的大星，映入我的眼帘。这里展陈的是他的第二次被贬：唐高宗显庆元年（656年），王义方入朝任侍御史，相当于今天的纪委干部。当时是佞臣中书侍郎李义府执掌朝政，有美妇淳于氏获罪被囚禁在大理寺，李义府迫使大理寺丞毕正义将她放出，据为己妾。事情暴露后毕被逼身亡，高宗却对李义府杀人灭口的罪恶不做追究，朝中百官无人敢言此事。唯王义方对这违逆天理、与君子之德和为官之道均不合的逆行，奋不顾身站了出来。他已预料到这可能又会引来贬谪之祸，自身倒没什么可怕的，只是老母必会跟着遭殃。前思量后权衡，他选择了将实情直陈老母，在得到母亲的支持后，连上两个奏章，冒死弹劾。果然唐高宗选择了包庇佞臣，并以诽谤侮辱大臣为由，将王义方贬到莱州，任七品芝麻官司户参军。奸臣恶吏们弹冠相庆，然而这一段佳话却成为宝贵的精神财富，为涟水这片土地上的道德人心竖起一个新的高度——知其正义是非，知其真善美假丑恶，知其道德廉耻，知其如何做人做官。直到现在，涟水百姓们还在骄傲地说：在王义方身后的一千三百多年里，涟水没出过大奸大恶之人，而是不断走出许多英雄人物，仅现当代就有辛亥双烈张大卓、贾伯谊，北伐时期第一位中共涟水特支书记张献，第一次国内革命战争时期中共县委书记、烈士吴长来，抗战三杰朱启勋、朱启杰、朱启宇三兄妹，抗日志士张鸿贵……

今天，乘车飞驰在涟水大地上，河湖港汊似乎不那么多了，代之而来的是一大片又一大片的黄土地，上面茁壮生长的，不但有着苏北几千年传统农业的绿油油，还有了神奇的人工智能新质工厂。在经济开发区新材料产业园，我们走进一条六百六十多米长的白色走廊，透过明亮的大玻璃窗，我看见了一个电影场景里的魔幻世界：一眼望不到头的大厂房里，一只只白色的机器臂膀像神仙的大比武，有的运材料，有的装零件，有的切割、整型、收纳、整理，片刻不停，不知疲累，严丝合缝，一丝不苟，劳动态度是既认真又负责。那么长长的像高铁列车一般的车间里，只有三五个全身穿着白色尼龙工作服的青工在巡视，男孩儿女孩儿们轻移脚步，就仿佛晨雾弥蒙时涟河上飞翔的白鹭，飘飘欲仙，真美啊！据说，近期又有三家新质智能工厂投资落户在涟水了，这个昔日的苏北贫困小县，2023年已经一飞冲天，冲进全国百强县之列了——这个是我最爱听的，将心比心，想来王义方若地下有知，一定会手舞足蹈，招呼老母，一起为家乡的福祉燃起三炷香。

终于找到涟水乡根

现在让我们回到本文开头，两群汉子握手的一幕：操着淮安口音的是涟水的主人王大哥，操着卷舌普通话的是来自海南的客人王二弟。王大哥是王义方大儿子王承候一支的后裔，一千三百多年生生不息，分布在涟水及周边县域的已有三万多人；来自海南的是王义方二子王承休后裔，繁衍至今也有两万多人了。

海天空茫,椰雨蕉风,生活在海南的王承休一支默默无闻,千年来极少为人所知,就连涟水的宗亲都不知道他们的存在。但这支海南王氏始终铭记先祖王义方的教诲,传承着他的优秀品德,以儒家思想为准则,仁礼义孝,忠节廉明,刚直慈悲,抚黎安邦,一千多年间,陆续走出了裔孙王深及王存树、王福铭、王源寿、王金赵、王周讫等一干子孙,他们都是凭着自己的努力入仕的,虽然职位都在基层,但都像王义方一样正直做人清廉为官,为百姓所铭记,有的甚至被后人尊为"神",建庙祭祀,形成了二月六、三月一等传统民俗节日,年年搞舞龙、秧歌、地方戏以祭拜。

在建立新中国的战斗中,王承休后裔中也挺立出了不少烈士、志士、战斗英雄。在建设新中国和改革开放的奋斗中,更多的共产党员、道德模范、积极分子涌现出来,除了在各个岗位为党和国家努力工作外,亦在做人、传家及平时的社会生活中,带头践行先祖传承下来的"老吾老以及人之老,幼吾幼以及人之幼"等中华传统美德,热心公益,见义勇为,扶危济困,捐资助学,和谐邻里,民族团结,见贤思齐,助人为乐……辽阔无垠的蓝色大海见证着,金色耀眼的阳光沙滩见证着,葱郁繁盛的绿树红花见证着,丰富多彩的动物植物见证着,黎、苗、壮、回、汉等各族同胞见证着,为建设"插一根筷子都能长成大树"的祖国第二大宝岛,他们一直在鞠躬尽瘁、死而后已地奉献着。

难能可贵的是，尽管山高路远，隔海相望，然而王承休后裔却一直惦念着寻找自己的祖根。尽管时间已过了千年，但他们模模糊糊地感觉先祖王义方的家乡在江苏淮安一带，不忘记，不放弃，一代又一代锲而不舍地寻找。这中间的过程，经历了风云雨雪，经历了地震火山，经历了大洪水的冲刷，经历了大干旱的劫难，经历了兵荒马乱的撕裂，经历了饿殍横尸的灾殃，经历了新中国的诞生，经历了改革开放的实干，经历了过去想也不敢想、梦也做不出的天堂日子，家家住新房，户户买汽车，人人用上了冰箱、彩电、洗衣机、电话、电脑、手机……这是真正的改天换地，沧海桑田啊！

最后，铁人也掉了泪，铁树终于开了花，他们终于寻到了自己的祖根。在老家涟水，他们感受着先祖生活过的土地：王义方给子孙留下了"为天地立心，为生民立命，为往圣继绝学，为万世开太平"的榜样；留下了家谱《乡贤堂》等的教诲；留下了《笔海》十卷、《文集》十卷等著作，处处令他们涌起无限感慨：血浓于水，血脉相承的中华传统，真是源远流长啊。

写于 2024 年 7 月 30 日

我心中的豪放与婉约

我开蒙晚,从小学六年级到高三的语文课都没上过,所以接触"豪放派"和"婉约派"这俩词,已是在南开中文系上古代文学课。说实在的,这俩词我都喜欢,它们内里所蕴含的巨大与无限,千百年来都难以言说。

我总的感觉,似乎唐诗更多豪放,宋词更偏婉约。但马上又觉得自己的认识不对,比如即使同一个诗人,也是既有豪放又很婉约,你说怎么办?

比如李清照。

有一回一群老老少少文友们都在场,一位书法家为大家写字。轮到我了,问要什么?我不假思索,脱口而出:

"生当作人杰,死亦为鬼雄……"

众人皆惊讶,乱纷纷叫道:"韩小蕙你怎么搞的,干吗专要这一首,换换吧!"

我明白,他们的潜台词是这首太男性化了,不适合你们女人哪。一位大姐也赶忙出来给我打圆场:"依我看还是换'昨夜雨疏风骤'吧,回头用淡青色绫子裱上,挂在你那客厅里,好看得很。"

我不换。虽然我也心醉"帘卷西风,人比黄花瘦"、"才下眉头,却上心头"、"梧桐更兼细雨,到黄昏、点点滴滴"这些丽句——婉约的李清照可真是千古第一女词人,一支秀笔表达了半壁江山,把女人们的万种柔情都写尽了。我曾想,若世界上没有了李清照,就等于大地上没有了源头活水,女人们可都是水做的呀。然而尽管如此,我也还是经常喜欢念一念"至今思项羽,不肯过江东",还有"九万里风鹏正举。风休住,蓬舟吹取三山去",还有"落日熔金,暮云合璧"……你听听,豪放的李清照,又是多么胸襟开阔,大气磅礴,真正称得上是如椽巨笔,笔底走风雷。我也曾想,若历史没有了李清照,就等于天底下没有了山脉,而女人也是需要高度的啊!

如此,就心心念念,看见清照词,就眼睛一亮、就亲切、就兴奋、就激昂、就像见到老朋友,就有了一种莫名的归属感,就赶快去背下来。

其他女性诗人呢?在我的文学史里,似乎没有了。

蔡文姬?不,虽然她的《胡笳十八拍》也是传世之作,但可惜年代太久远了,面孔已经有点儿模糊不清。

王昭君?不,尽管众多老戏新剧都把她塑造成一位有胆有识的女中豪杰,还有文采,还有胆识,还有骨气,还美丽动人、气质可人，可是她终归不是知识女性，终归登不上大雅之堂。

林黛玉？不，一部《红楼梦》写得再好、再传神，我也总是喜欢不来林黛玉，她太爱使小性子了，太敏感、太尖刻、太爱伤人、太极端化、太顾影自怜、太愤世嫉俗。跟人过不去其实就是跟她自己过不去，结果必然是早早亡殁。

其他呢，够档次的就更没有了，不是女皇、娘娘、嫔妃，就是梨园优伶或者青楼名妓。只有一副美丽的皮囊，内心里苍白肤浅无一点儿波澜，早让知识女性们挥挥手全给"帕斯"（淘汰出局）了。

那么就选男性吧，第一人当首推屈原大夫。

中国老百姓没有不知道屈原的，这是年年端午节吃粽子时的话题。我呢，居然是端午节丑时降生的，从小就把屈大夫熟稔得如同家里人。上大学，读古典文学课时，我天天早上6点钟即起得床来，跑到走廊里去背《离骚》。后来放寒假回北京，到北大去看朋友，说起来就是后来以写相声和电视剧出大名的梁左（可惜他已经去世多年了，怀念他！），互相交流授课情况。梁左眯着小眼睛坏笑，不大相信我能把《离骚》背下来，我脱口而出：

帝高阳之苗裔兮，朕皇考曰伯庸。摄提贞于孟陬兮，惟庚寅吾以降。皇览揆余初度兮，肇锡余以嘉名：名余曰正则兮,字余曰灵均。

当然,上大学时我已经二十四岁,没有记忆优势了,所以到今天,《山鬼》还能记个八九,《离骚》也就能记得开头这一段和"路漫漫其修远兮,吾将上下而求索"等一些名句。但是对屈原,我却一直敬佩有加,不但作为文学家来学习,也作为人生楷模来模仿。在家里挂一幅屈原的字,当然也是好的,但不如挂上一幅屈原像。

然而坦率地说,到现在我也还没有找到一幅能够深深打动我的屈原像。美术馆的画展倒是看过不少,个人作品集也读过多本,却总觉得他们都把屈原画得太现代,三闾大夫就像那一出又一出现代人写的话剧一样,一点儿也不像战国时代的贵族大夫,而仿佛李玉和一类的高大全式英雄人物,既不豪放也不婉约,让人打心眼儿里不认同。

这么多年看过来看过去,找过来找过去,还就是《楚辞集注》上那幅《屈子行吟图》比较好:清癯瘦削的屈原上身微微前倾,急匆匆走在一条前途渺不可知的小路上,脸上的表情是苦涩的、苍老的、忧郁的,一看就能想象出他的人生苦难和无路可走的悲凉心情。这远比那些大义凛然的光辉形象更能打动内心,因为,这又使我联想到十字架上的受难耶稣,同时想起了我们自己的人生困境:古往今来,中西并通,人类有着共同的生存苦难,按佛家的话说是"每个人一生当中都有一百零八劫(难)"。虽然不一定是精确的一百零八,但想想有时我们被命运刁难得走投无路的情形，那种叫天天不应、叫地地不灵的凄苦，真正如同法国画家泰奥多尔·席里柯的名画《梅杜萨之筏》所展现的，谁也逃不出茫茫苦海，必须强自挣扎，忍受命运的熬煎——我的意思是，这是永恒的文学主题，用今天的时髦话语，叫作终极人文关怀，不论是文学、绘画，还是其他艺术形式，只有深刻地表现了这个主题，其作品才能有动人心魄的震撼力。

我眼前又浮现出另一位伟大的文学家——苏东坡。

近年来，随着年龄和阅历的一天天增加，我对苏东坡的钦佩与日俱增，这大概源于对他的认识一分分地有了提高。少年时，喜欢慷慨激昂地高歌"大江东去，浪淘尽、千古风流人物"，也喜欢像模像样地低吟"但愿人长久，千里共婵娟"……可分明的，一点儿也不理解这些千古名句的骨血之中，隐含着重重的沉郁顿挫之气。那时的我还太年轻，更多的只是把苏轼作为一个大文学家，做着单纯的诗词文赋层面的崇拜。现在呢，再用不着"为赋新诗强说愁"了，我已然明白了风声雨声里的苍茫，浪花淘尽英雄啊。

苏东坡的一生比屈原更令人心碎，他活得更曲折、更坎坷、更艰辛、更沉郁、更委屈、更悲愤、更无路可走、更无家可归，亦更高处不胜寒。我到的地方不是很多，但曾在徐州、杭州、山东蓬莱阁、广东惠州、天之涯海之角的海南岛……一再地看到东坡居士的遗迹、遗存、纪念馆等。刚开始还没什么太尖锐的感觉，只是一般性地瞻仰，感叹着他漂亮的法书，吟诵两首他的词作，可后来却渐渐地觉得不对头了：怎么苏公的足迹，竟到了这么多、这么远的地方？

直至走上了惠州和海南的土地，听到了关于瘴气的可怕传说，才全然明白了这是因为苏公被一贬再贬之故，心里慢慢地灌满了铅，为这位天才的大文豪悲恸不已。苏轼虽然最终活了六十六岁，在古人来说不算寡寿了，但没有谁是这样令人心惊地被一群宵小追杀诋毁，死死咬住不松口，虽然根本无罪却遭一贬再贬，一直贬到疆域尽头的再无可贬之域！

世人都道苏东坡放达，然而再豁然之人，也是血肉之躯，心都是肉做的，以东坡之旷世奇才，岂不比常人有着更多悲思更多忿詈？就说他上面的两首名词，今人读起来，一激昂豪迈，一缠绵悱恻，其原意却已被大多数人忘却。写"大江东去"时，东坡正因为"乌台诗案"被捕入狱、被严刑残害、差点儿被杀头、终被贬谪黄州之际，他所抒发的，不是想要建功立业的宏图大志，而是抱负不得实现的悲酸；写"明月几时有"时，东坡离京游宦已有好几年，迢迢行路上，更尝到丧妻别子之痛，形单影只，茕茕孑立，"千里共婵娟"根本不是浪漫主义的歌吟，而是一种渺不可得的期盼。

尽管如此，苏东坡毕竟是苏东坡，他比王维、李贺、李商隐甚至李白、温庭筠、柳永等纯粹的文人才子型作家更让人钦敬的，是他那一生一世的济世胸怀——相传他南贬惠州后，有一次拍着自己的肚子问周围人，里面装的是什么？有人说是文章,他摇头不语;有人说是诗书,他沉默不答;直到一直追随他不离左右的红颜知己朝云说出是"满肚子不合时宜"时,东坡才拊掌拍腿,呵呵大笑不已——这就是苏公的境界:他无论是显在高庙之堂,还是退居湖泊草泽,心中所念的,都不是一己的功名、文名、进阶、退隐和显达,而是社稷江山与经国大业,套用今天的话说,他的写作动机在朗朗乾坤,而不在官场、商场、名利场,不在家庙和功名簿。这样的苏东坡,这样的写作,无论豪放还是婉约,都是顶尖的佳作。

我还心醉辛弃疾的作品。会背他的很多首,最喜欢的名句是"把吴钩看了,栏杆拍遍,无人会、登临意",还有"醉里挑灯看剑,梦回吹角连营。八百里分麾下炙,五十弦翻塞外声,沙场秋点兵",还有"千古江山,英雄无觅,孙仲谋处",还有"千古兴亡多少事,悠悠,不尽长江滚滚流"。可惜他生不逢时,在偏安一隅的南宋小朝廷里,由于屡屡请战抗金,在四十二岁上就被免官不用,只能闲居乡下,暗自"揾英雄泪"。所以,他也写了一批描写农村生活的婉约小词,如"携竹杖,更芒鞋。朱朱粉粉野蒿开。谁家寒食归宁女,笑语柔桑陌上来"。但这些,我都不怎么喜欢,我觉得那不是他的生命底色。

当然,辛弃疾还是英雄辛弃疾,他写个人生命的许多词作里,也是将豪放揳入婉约中,比如最典型的是《清平乐·独宿博山王氏庵》:"绕床饥鼠,蝙蝠翻灯舞。屋上松风吹急雨,破纸窗间自语。平生塞北江南,归来华发苍颜。布被秋宵梦觉,眼前万里江山。"这就是辛弃疾,即使个人生活已困顿到如此地步,也还心心念念着万里江山,试问这种境界,不正是中国传统文化"先天下"的薪火相传吗?

如此,也许你们已经看出来了,我似乎更偏爱豪放派?好像是的,天生性格使然,就像我在南北各地方戏曲中,更喜欢陕西的秦腔、老腔,喜欢河南豫剧,喜欢山西梆子,它们直率、高亢、强烈,以生命相许,而且一点儿都不奶油、不娘娘腔、不遮遮掩掩、不小家子气……虽然笔者是女性,可是最腻歪娘娘腔的男人。

这当然并不是说我是"婉约派"的否定者,相反,我也沉迷在众多婉约词的丽句中,比如"问君能有几多愁?恰似一江春水向东流"(李煜),"多情自古伤离别,更那堪、冷落清秋节"(柳永),"两情若是久长时,又岂在朝朝暮暮"(秦观),"莫道不销魂,帘卷西风,人比黄花瘦"(李清照)……太多了,简直如浩浩江海之水,举不胜举;又如春风摆柳,美不胜收!

不过还有一个重要问题,必须在这里说明白,即"婉约派"和"花间派""香艳词"等可完全不是一回事。"花间派"是以婉约的表达手法写女性的美貌、服饰以及她们的离愁别恨,由于注重锤炼文字、音韵,形成了婉约迷离的意境,对后世文人词的发展有一定的影响,但其题材狭窄,情致不高,在文学史上评价也不高。"花间派"的鼻祖是唐代诗人温庭筠,比如他的代表作《菩萨蛮·小山重叠金明灭》，整词写一个歌伎晨起化妆的过程，词句华美、精致、婉转，可是内容上有什么意思呢？以至于后世有一些热爱温词者，将其附会上"弃妇逐臣"的社会内容加以解读——我还十分清楚地记得20世纪70年代末，在南开听叶嘉莹先生讲到此词的情景。及至看到电视剧《甄嬛传》拿它做了每集之间的插曲，不禁哑然。至于"香艳词"一类，从字面上就可看出其指向，格调低俗者多，更不值得提及。

噫！中国九百六十多万平方公里之形胜地，"飞流直下三千尺"，"遍地英雄下夕烟"，既有高山大川、大漠原野，也有江南秀色、小桥流水；既有大麦、水稻、玉米，也有大豆、小米、高粱；既有孔、孟、老、庄、墨，还有司马迁、荆轲、岳飞、杨家将、文天祥……我始明白了莽莽苍苍的中华大地上，为什么会拥有这么多座高山，你看，有的国家就没有，尽是一马平川的大平原，这不是想有就能有的啊！

读书，写作，吟唐诗，咏宋词，这是我们中华民族独有的文化方式，多么幸福的生活影像啊——守着窗儿，独自得黑，既听不见梧桐细雨点点滴滴，也看不见绿肥红瘦是否依旧，只一心扎在我的书堆里，一位一位细品大师们……

2020年2月15日初稿，2月16日定稿

第四辑　直抒胸臆

你有多久没听到"爱"这个字眼儿了?

又一个孩子跳楼自杀身亡!作为一个母亲,我觉得自己的心都被剜出来了,痛啊!疼死了!将心比心,一个花季少女,灿烂的花骨朵刚刚绽放,却一下子被冰封,她的爸爸妈妈、亲人们和小伙伴们,怎么受得了啊?

我不是想要追究谁的法律责任,那是司法机关的事,我认为应该能够还原事实真相的;我也不是要追究到底在哪个环节出了问题,我相信是谁的责任他的良心也要自我惩罚一辈子吧?

我想说的是一个教育理念的最基本问题——关于爱。

"爱是教育的基础",这是教育学上的ABC,谁不会说这句话呢?然而,就是这句人人都懂的话,却长期被许多教育工作者和家长们所忽视,而折戟在它脚下的"花骨朵"们,成千上万啊!

最近与一群"80后"聊天,他们如今都已是三十而立,撑门立户的社会栋梁了。但听到他们的"控诉",我心犹惊。

开网店的小 A 说:"我当年上的高中是省重点校,入校时功课是全校前三名。但我那时青春期,特别淘,男孩子嘛。高一时运气好,遇见一位好老师,对我要求又严格却又宽容,我能感受到他的爱心,所以我学习特努力。但不幸高二时换了一个英语老师,她是个对学生一点儿感情也没有的人,光知道惩罚我们,每堂课都有五六个男生被赶到门外罚站,整堂课不让听。我是被罚站的常客,老听不着课,英语就渐渐跟不上了,最后逼得我考试交白卷,排名全年级倒数第一。本来,我的志向是要考清华北大的,结果她完全改变了我的命运,所以我现在特恨她,一到教师节就想起这些不愉快的事,以至于对教师节都是反感的……"

做护士的小 B 说:"我上高三时候成绩还可以,介于一本和二本分数线之间,但班主任怕我考不好影响了班级排名,非让我复读。他是怕影响了他的奖金,其实也就少拿五百块钱。可他为了这区区五百块,就不顾我这么大一个女孩子复读会是什么心情,街坊四邻都看着呢,连我爸妈都抬不起头来,一辈子的阴影啊!"

当了药剂师的小 C 说:"我从小功课一直好,可惜小学四年级时赶上了一个代课老师,她最爱讽刺挖苦学生。有一次我做错了一道题,她当着全班同学的面羞辱我:'你看你吃得这么胖,连这么简单的题都不会做,光会吃啊!'在全班同学的哄堂大笑中,我心里发狠再也不听她的课了,别看我人小,也是有尊严的呀。结果一下子我的数学成绩就一落千丈了,我爸妈和班主任老师都急死了,可他们都不知是怎么回事。幸亏那代课的只教了一个学期,后来换的老师是年级主任,对我们特好,我的成绩又突飞猛进上去了,考中学时全校第一,一举考入了市重点。"

……

"是啊,老师的作用太大啦。"这群"80后"集体一致声讨说,"有些人,我们真从心里觉得他们不配'老师'这个称号,顶多也就是个教书匠而已。'老师'的称号多么神圣,他们应该是学生的领路人,是学生的人生楷模,应该让我们终生都感念着。"

是啊,是啊。当然是啊。著名教育家马卡连柯说过:"爱是教育的基础,没有爱就没有教育。"我知道,这个理念在全世界都被奉为经典,是所有入职教师队伍的人首先要学习的第一名言,也是教育行当的基石。天下所有当教师的,没有不会背诵这句经典的,但是,它真被我们的广大教师们铭记在心里了吗?他们遵循着去做了吗?

不能回避的是,当下我们教育的现实情况,为什么离"爱"的境界越来越远了呢?甚至,你有多久没听到"爱"这个字眼了?

我认为:做教师的个体们首先应该检讨一下自己,而不能老是大而化之地指责社会风气、指责管理当局、指责学校领导、指责家长和学生!

讲一个故事。宋朝,王安石变法,初衷虽好但被权贵利益集团绑架,窃国伤民,致使各地民不聊生,背井离乡的难民比遍野的哀鸿还要多。而这悲惨状况被严密封锁,根本传不进皇宫。时有王安石的学生、正直官吏郑侠在屡劝王老师不成的情况下,画出《流民图》并附《论新法进流民图疏》一文,假称秘密紧急边报,呈给了神宗皇帝,要求立即废除新法,以拯救民众于水火。文称:"但经眼目,已可涕泣,而况有甚于此者乎?如陛下行臣之言,十日不雨,即乞斩臣宣德门外,以正欺君之罪。"也就是说,郑侠以十日下雨不下雨为限,押上自己的脑袋为民请命。此举一定是感动了上天,神宗皇帝看了《流民图》,几次流下眼泪,终于下旨废除新法,三天后大雨滂沱而下,替老百姓保住了郑侠的命。然而,这位直言谏君的好官却被奸佞集团恨上了,此后被一次次罢官、流放,仕途多艰。但他一直未改情系生民、耿介不阿的忠肠,被大诗人苏轼引为生死之交。哲宗赵煦登基后,苏轼、孙觉等人联名推荐郑侠为"泉州教授",理由是像郑侠这样"俸薄俭常足,官卑清自尊"的人,才最合适去做教育界的官员。

是呀,在郑侠这面镜子面前,你还好意思一味地埋怨社会不好、官员不好、家长不好、学生不好吗?是的是的,他们确实都有问题需要改革、需要纠正,可是你自己呢?面对学生们那一双双清澈的、无比信赖你的眼睛,面对他们那一颗颗天真无邪的、金子般的心,面对他们可能被塑造为天使也可能成为残次品甚至废品,你对他们的当下、前途以及一生都负责任了吗?哦,老师们,你们的确可以爱得深些再深些,的确可以做得好些再好些,的确可以付出得多些再多些,为我们的社会培养出一个又一个好孩子、一个又一个人才、一个又一个栋梁,从而,为社会增添属于你的那份温暖,为中华屹立于世界民族之林奉献你的那份力量啊!

高山是由无数沙粒堆积而成的,社会是由人类团抱在一起组成的,文明是由一代代贤人君子不断建设积累的,教育更是薪火相传的崇高职业。当然,"爱"是一个更广博、更深邃、更高远、更大境界的话题,涉及所有职业所有家庭所有人,牵连着世界的所有枝枝蔓蔓和人类生活的每一枚花叶。让我们大家都"从我做起""从爱出发":官员要以人民的利益为最高准则,公务员要全心全意为人民服务,医生要视病人为亲人,交警要为行车人路人着想急他们所急,教师要视学生为珍宝——我这么说,当然是太理想主义的了,在现今社会不可能人人都是贤人、君子。但如果你、我、他,都要求自己做一个传递光与热的好人,不也就为社会增加了一份正能量吗?果如此,许多不该发生的悲剧便不会发生了。

后记:

本文完成后先是上传到微信。预料之中的,得到的"赞"如同荒原烈火,越烧越旺,皆是因为感同身受。

著名杂文家王乾荣先生留言说:"这个问题太重要了!我孙女就深受其害,小学时她是个'小天才',五年级就在刊物上发表了两万多字的小说。可是到了中学,班主任不喜欢她,说她'狂',结果处处受压制,孩子很受伤。要命的是,作为家长,我们还都不敢言语,怕老师进一步打击报复。但每天看着孩子郁郁不乐的样子,实在非常揪心……"

《人民政协报》总编辑周北川说:"其实,爱也是工作事业的基础,生活的基础,人与人相处的基础,同时也是人与自然和谐相处的基础。爱是一个大题目,老题目,新题目,一个恒久的题目。"

…………

一孔见天下。可见,我们的社会是多么需要爱啊!

爱是蓝天白云,爱是太阳月亮,爱是高山流水,爱是香花绿草;爱是光明正大,爱是温暖仁厚,爱是激励黾勉,爱是力量动能;爱是美善生活,爱是伟岸事业,爱是人生使命,爱是终极目标……

爱比金钱重要。爱比权势重要。爱比汽车房子重要。爱比 iPhone 重要……没有了爱,大地将一片荒芜。

因此,请跟我一问再问:你有多久没听到"爱"这个字眼了?

因此,请跟我呼唤爱——必须大声地呼唤爱!

因此,人人都从我做起吧,让我们——爱!

2014 年 8 月 30 日草稿,

9 月 1 日定稿,9 月 13 日补后记

于英伦沃克汉姆红房子

高考在考谁

高考的种种悲喜剧,一年一度又来了!

据媒体报道,日前某省的一位考生家长,在孩子抽屉里发现了偷藏的安眠药,吓得魂儿都掉了;另一位考生面对家长每天做出的美味"加餐",有一天突然一言不发走进卫生间,挥拳打碎了墙上的大镜子,其家长无比惊骇,"不明白自己做错了什么?"……

让我来解读吧,这也正是我积郁了很多年想说的话:高考不就是社会、人生中的一件不大不小的普通事,什么时候起,竟然变成了仿佛随时都会爆炸的"原子弹",任何人都必须对它加上一万分小心,赔上一万个笑脸——至于吗?!

别说当事的考生了,就连远离旋涡中心的男女老少,在每年高考还远未到来的日子里,就已经被"轰炸"过好几轮;及至一迈进5月至高考的这段时间,简直别想过正常日子了,广场舞不能跳了,院子里不能聊天了,夜市不能开了,警察、公交、电力、媒体、商店、超市……全都得加以配合,绝不能有一丝一毫的"僭越";家长和老师们更是变身为最卑微的奴仆——试想一想,仅就这些完全失去了生活本相的"非虚构",即使再甜蜜蜜也是"糖衣炮弹"啊,一股脑压在你身上,试试?

所以,我同情那些考生们:他们的神经早已高度紧绷,任何风吹草动都会在他们心中掀起巨澜。他们还是未成年的孩子啊,请别再给他们施压了!

能考上大学,考上自己心目中理想的大学,当然是从考生到家长乃至整个家族的期盼,当然也是学校和教师们的工作成绩乃至奖惩依据。可上大学,不也只是一个人漫长一生的起步吗?今后等待他们的,还有无数的激流、险滩、关隘、要塞、壕沟、陷阱,要把红旗插上珠穆朗玛峰,为社会、为世界、为推动天地人心的进步,同时也为自己和家庭建功立业,必须得披坚执锐努力一辈子。而与一生的筚路蓝缕相比,高考不就是一场毛毛雨吗?

即使未能考上大学,也不是人生就此进入了世界末日。仅就文学界来说,铁凝、莫言、史铁生、王安忆、舒婷这几位当代中国第一流作家,都因为这样那样的人生机缘而未能上成大学,难道他们不优秀?相比之下,许多上了大学,甚至拿下硕士、博士、博士后的"天之骄子",远未取得他们的成绩呢。

说到这里,我必须再郑重说一说我的如下观点:一个人是不是非得做出出人头地的成绩,或是赚取百万千万金钱,才算优秀?天上白云千万朵,地上沙粒无数颗,在无边无涯的种种人生中，做一个正直、善良、忠孝、明事理、有修养的普通人，同样具有崇高价值，怎么就不行呢？众所周知，依据我们中国国情，能上大学者只是少数，绝大多数公民还都得做一名普通劳动者，不可能人人都成为钱学森、钱锺书、吴冠中、陈景润和钟南山的，那么我们这些平凡人的一生就不能过得精彩了吗？

过去，我们的社会舆论并不贬低"普通的大多数"，相反，还经常赞扬他们在平凡岗位上做着踏踏实实的奉献，是不可或缺的齿轮和螺丝钉。然而不知从何时起，一股逆袭的舆论铺天盖地而来，什么"不择手段也要成功"，什么"宁肯坐在宝马里哭也不坐在自行车上笑"，什么"遗臭万年也要青史留名"等，一时间，"淫雨霏霏，连月不开；阴风怒号，浊浪排空；日星隐曜，山岳潜形；商旅不行，樯倾楫摧；薄暮冥冥，虎啸猿啼……"传统道德大面积滑坡，优秀观念被践踏和挤压，严重影响了学生和家长们的价值取向。

所以，我也很同情考生家长们：本来中国人就有从众、攀比、气人有笑人无等"疾病"，再陷入种种光怪陆离的社会乱象中分不清美丑，叫他们不盲从跟风跑都难。"别人家孩子能考上北大，我家孩子就得考上清华！""别人家孩子高考期间住酒店，我家孩子也不能住在家里"……唉，本来就已纠结成热锅上的蚂蚁了，还要给自己层层加码，压力山大的父母们如此心浮气躁，能不影响到已是惊弓之鸟的考生吗？

说来我也同情学校和老师们：虽然我曾特别痛恨这样一位

教师，他为了拿到区区五百元奖金，硬是逼着一个本可以考上二本线的孩子留级复读，结果毁了孩子的自尊心使他永远走上了不归路。现在，我在继续"不原谅"那位自私自利教师的同时，也在另一方面"原谅"了他，这责任不应只记在他一人头上，和他一起"犯罪"的，还有不合理的规章制度及种种教育弊端——当教师们的奖金与高考挂上钩时，能指望他们的眼神里充满真、善、美的淡定吗？

高考到底是在考谁？

行文至此，家长和教师们可能都不干了："韩小蕙你胡扯什么？敢情你跟高考没一毛钱关系，站着说话不腰疼！"

且慢！1977年寒冬，作为"文革"后恢复高考的第一届考生，我也是那五百七十万考试大军中的一员骁将。当时的形势可比现在严峻多了，从1966届老高三到1977届应届生，全国共有十一届初高中毕业生总计两千多万人有资格参加高考。最后录取了二十七点三万人，为考生总人数的百分之四点八，二十九人中取一个，为新中国成立后竞争最激烈的一年。我没被录取，不知道是因为分数不够（当时不公布分数），还是"政审"不合格（我父亲当时还在"黑帮分子"队列中）。1978年从冬到夏，我又"头悬梁、锥刺股"地复习了半年，破釜沉舟参加了第二次高考，才终于有幸成为"七八级"的正式一员。说"正式"，是因为当年大学的录取工作全部结束后，鉴于国家亟须大批人才，邓小平同志发话让各大专院校再想方设法进行扩招，于是在我们已经开学半年以后，全国又扩招了一批不住校的走读生，统统算作"七八级"，这一善举又挽救了十几万心心念念想上大学的青年，同时也使1978年的高考录取率上升到百分之七。我不是一个夸张的人，但在此为何用上了"破釜沉舟"这么"生猛"的词，是因为我当年已在工厂做了八年工，再考不上的话这辈子也就跟大学永远失之交臂了，而我是多么想、多么想重进学校门啊——现在的孩子们哪里知道，因为"文革"，我从小学五年级起就失学了，一进工厂立即发现自己什么都不懂，生生的就是一个文盲，"得不到的东西才是最宝贵的"，此话非切身体验便领会不到其中的深刻内涵。还有许多同代人比我面临着更严重的危机，比如很多老高三考生已到"而立之年"，却还在"广阔天地"里苦苦挣扎，他们更牵扯到婚姻、就业、回城、农转非等一系列关系到身家性命的"大问题"，高考是当时眼睛里唯一可以看得到的一条"天路"。

那时各方面的物质条件，比今天不知艰苦多少倍。我是连续三天骑自行车赶二十多里路骑进考场的，当时唯一的"加餐"是给自己备了一副棉手套，以防手指冻僵捏不住笔。而我这样的已是在天堂里了，更有许多农村考生是从大田里放下锄头把儿，直接奔赴考场的，有条件最艰苦的连饭都没的吃，中午的"加餐"是几个菜团子……至于家长们，上干校的，下农村的，坚持抓革命促生产的，基本上都远在天边，哪儿有今天这般"送君送到校门口，三天守在考场边"的胜景？连同后来的上大学去报到，即使是千里万里之遥的太阳大学、月亮学院，也没听说还要家长送去的，不就是上个大学读个书，至于的吗？！

说到此处，我真的是越想越不明白了：如今大数据时代，互联网已经把日常生活中的七七八八都删繁就简了，哪个孩子不会掏出手机，像呼唤"芝麻开门"一样，挺简单的就把许多问题解决了。可越是这样，孩子们却越是娇气，越是缺乏独立性，越是成不了人，原因是家长们什么都越俎代庖了——我不知道是否会有一天，连高考也由家长们给代办了哈！

嘿，一件平常事，一颗平常心，高考你赶紧回归本色吧，可别再这么"惊天地，泣鬼神"地绑架我们了。

      2015年5月30日初稿，6月1日定稿
      于北京协和大院葳蕤斋

政策为何有这么多"后遗症"?

近一段时间里,不断听到一些关涉"政策后遗症"的消息。最新的一则是:北京首都机场高速公路变成"龟速",正有越来越多的人呼吁恢复收车辆通行费。原来,今年初夏,有媒体报出该路积年所收费用早已超过建设成本,呼吁停止收费。一时间,很多大报小报蜂拥跟进,形成舆论旋风,于是有关部门坐不住了,没两天就匆忙宣布机场高速出京方向小客车收费一律为五元,进京方向一律免费。结果呢,立马就见到了"效果"——堵车,从早到晚,上机场不上机场的、运输的大小货车、社会车辆,全都塞在这条本来很通畅的公路上,龟行。各方人士叫苦不迭,又纷纷谴责有关部门制定此政策过于草率:如果你们事先考虑到这一定会发生的暴堵,而先行把收费十元改为五元,再视流量情况酌减,那么今天这"龟行"局面是否就能避免了呢?

还有一项新颁布的政策也令人不解:11月4日,国家发改委突然对外发布了"中国淘汰白炽灯路线图",提出从2012

年 10 月 1 日起，按功率大小分阶段逐步禁止进口和销售普通照明白炽灯，改用节能灯。"节能"，在全球资源问题越来越严重的大势下，这当然是任何一个地球人应尽的首责，尤其是人人都应该倍加节约的宝贵的电能，这没问题，举双手赞成。可是，我心里始终记得过去经常被教导的科学常识：节能灯在二十分钟内（一说三十分钟内）开关一次，不但比白炽灯更费电，且还会损耗灯管四小时寿命。也就是说，当我们半夜起来用一分钟看看孩子和老人，或者方便一下的话，其使用白炽灯所消耗的碳排放量，要比节能灯少得多。还有两个因素也得考虑，在耗费同样电能的情况下，节能灯的亮度约是白炽灯的四倍，但售价往往是其几倍甚至几十倍；我国节能灯的合格率也一直比较低，使用寿命短，节电效果差，群众不愿买——可是现在怎么说取消就要一刀切了呢？能切得了吗？

再有的一件事，是正在讨论之中的汽车三包问题，据说在媒体（包括报刊、电台，也包括网络等）的轰炸下，也即将被攻克。可是，有清醒的声音发问了：汽车三包的条件成熟了没有？三包后的购置税怎么办，由厂家、商家还是消费者承担？保险费怎么办，无条件退款还是不能退？……显而易见，如果在这些配套政策尚且不完备的情况下，就急急忙忙"三包"，一定还会出现类似龟行、费电的后遗症。

我认为，尽管人类已经在地球上生存了几十万年，现代文明之光也燃亮了数千年，但我们对整体生存环境的认识，还远远未到位。大自然是一个极为奇妙的共同体，各种事物之间存在着千丝万缕的关联性，并且"存在即合理"。人为地斩断或者简单粗暴地改变之，常常会引起"祸兮福所倚"的后果。正因为如此，听说过去某个年代，曾经在工业部、农业部、商业部、外交部等之外，还有一个"不管部"，专事管理各个部门政策之间的衔接问题。今天，我们虽然不能重置这个不管部，可在制定政策者的心里，时时都应有瞻前顾后的意识，尽量不要留下"政策后遗症"！

2011 年 11 月 10 日，
初稿于北京—桂林之 CA1311 航班上
2011 年 11 月 14 日，定稿于北京协和大院葳蕤斋

我为什么退而求其飞

北京到郑州直线距离七百公里，过去觉得很远，对我来说只有一种交通方式的选择，即飞机。2013年受邀去开会那次，毫不犹豫，抓起电话就打国航，订了往返机票。

飞行时间不长，只有一小时五分钟。但从位于东单的家到首都国际机场T3航站楼，打的用时一个半小时，再加上怕堵车提前出门、办值机手续、安检、等待登机等，这一个系列下来，到达郑州新郑机场时，大约总共用时四个钟头。

赶到会场，见有同样从北京启程的与会者，才知北京到郑州的高铁已经开通了，人家是从北京西客站坐火车来的，全程用时二点五小时；加上在市内的或地铁、或打的、或公交的穿行时间，满打满算四个小时也到了。据说高铁车厢内，秩序井然，一人一座，累了就腾身走起，伸伸胳膊扭扭腰，看书、看手机都随便，自由自在，气定神闲。

从时间上算，都是四个小时左右，飞机—高铁，天上—地下，差不多打了个平手，因而没让人产生什么太突兀的感觉。加上我热爱坐飞机,就迅速升华到了"萝卜白菜,各有所爱"的禅境,大家皆好,哈,哈,哈。

孰料回程时,风云突变——沙尘暴来了!

虽然自知情况不妙,但机票已买,只好还是赶了个大早,奔赴新郑机场。果然机场大厅里人声鼎沸,人众拥挤,人心浮动,人人焦躁。延误,延误,延误……焦灼地等了一小时,二小时,三小时……老天爷始终在发大脾气,戾风横扫,飞沙走石,日头慵慵,昏黄鬼影。下午2时许,终于传来确切消息:航班取消。只好打起精神,紧张奔赴郑州火车站,几度曲折,几度焦灼,几度期盼,几度等待,最终,总算坐高铁回了北京……此时,预先订了高铁票回京的同僚们,早已气定神闲地到了家,两篇文章都写出来了!

从此,"高铁"的概念就像微信之于低头族,牢牢锁住了我的心。以至于上个星期再走郑州,这回,毫没犹豫,立刻上网预订了往返的高铁票。现在比起两年前,订火车票也和订飞机票一样方便了,动动手指,12306、支付宝什么的,熟练操作只几分钟即可搞定;也能与在机场办值机、打行程单一样,在乘车那天,到达火车站后,掏身份证把票一取,齐活!而且我从东单的家到北京西客站,公交52路直达,刷卡一块钱,又比打的和大巴赶往三十多里地以外的首都机场省事,省时,省力,省钱,省心,性价比高多了……

正当我自以为得计,有点儿小飘飘然进入北京西客站候车大厅时,一颗心却突然又被拧紧了,原本的心情大好又变成了晴转阴——11号候车厅里，正同时有好几趟列车在检票，拥挤的人流，一张张莫名紧张的脸，拎着大包小裹急吼吼地往前抢着、挤着，就像身后有鬼推着……不知为什么，多年来，北京除了南站稍好一些外，其他火车站的候车大厅，总是这么一副陈旧的老面孔，改不了黑乎乎、脏兮兮、乱糟糟的叫人无比沮丧的表情——所有座椅上都挤满了人，个个的面容都不爽朗；没座的人更多，见缝插针地站着挤着嚷着叫着；车站广播不时传来毫无感情色彩的声音"××车次已开始检票"，可惜一下子就淹没在震耳欲聋的嘈杂中……我只好拖着旅行箱，站在卖烤鸭的店铺门口，但不时被"借光"的人流冲击得左摇右晃，一会儿就觉得浑身酸疼，疲劳不堪。好不容易挨到还差二十分钟就该开车了，大屏幕却始终不呈现检票进站的滚动字幕。我毕竟很久没坐过火车了，对它的规矩有点儿陌生，就挤到检票口去打问。

检票员是一个二十多岁的小伙子，一脸灰色地站在那里，像随时要拿手下人出气的官员。他眼睛巴望着别处，拧着眉头听清了我的问题，随即把我往旁边一扒拉，让我等着。我心里的火一下子就烧起来了，但还是十分克制地问：

"对不起，G××次是在这里检票吗？"

答："不是叫你在旁边等着吗？"

我："只剩下二十分钟了，请问何时开始检票？"

答："这趟车是从这里始发的，刚刚在××时××分进站。它得打扫、检查、上货、上水……一切没问题了，才能检票放人，明白吗？"

这不是成心逗闷子吗？我气乐了，朗声回答："不明白。我问的是什么时候开始检票？"

还是任尔东西南北风的那句话："听广播。"

唉，这就是中国的"铁老大"！以前我之所以尽量避开它而去选择飞行，就是因为这种进站的感觉特别痛苦，似乎每一次登车都是一次逃难。这几年中国的高铁越来越高大上，即使随便到达一个不知名的小站，你也会看到造型各种大气、阔气、生气、傲气的后现代候车大厅在向你招手，灰色和白色嵌花的大理石地面在炫耀得熠熠闪光，你真的忍不住要为这无比傲娇的"中国新常态"点赞！甚至，眼下这一两年，中国高铁又迈出国门，一次次与日本等去血拼国际市场，这进步之快又让你忍不住要惊叫了——想想，仅仅在一二十年前，日本的高科技在中国人的心目中，还是高空中的云霓，还是银屏上的科幻大片，还是我们难以想象的黄粱梦啊！

但我现在实在忍不住想要尖叫的是：为什么中国高铁在硬件一日千里地腾飞之时，它的软件却仍是地面上的蜗牛？这让我想起一个警示：羊年春节时，朋友家保姆回乡探亲，他把年逾八秩的父母送进北京某家收费极其昂贵的养老院，那里的硬件设施极为高档，比如沙发都是带推起功能的等。孰料送入的当晚，他老母即摔倒继而在冰冷的地上躺了三个多小时后才被发现；两天后，他老父又因交叉感染而患上了肺炎……朋友满腔悲愤地对我们大家说："千万别再相信养老院，硬件再好，也顶不上有责任心的'软件'！现在最缺失的就是有热度的人心！"

是的，这个警示够震撼，可以达到"红色预警"级别了。兔死狐悲，触类旁通，今后，我还是尽量选择飞机吧。谢谢了！

2015年12月25日初稿于北京
12月27日定稿于广州番禺榄核镇

创造力是民族之魂

第一眼看到这幅图片时,我即怔住了,感觉自己的心仿佛被一只温柔的手攥住,攥得发热、发烫、滚烫。然后,被这奇巧的艺术创新力——爆燃!

这充满了奇思妙想的艺术想象力,真要人大喊一声赞啊!

你看,用米饭团做成的小熊宝宝,安静地躺在盘子里,睡着了。一条世界上独一无二的荷包蛋小毛毯,轻轻地覆盖在它身上,是那么样的温暖、抚爱和贴心。旁边,还有一条用奶酪做成的干干净净的小手帕,既忠实地陪护着它的安眠,又显示出小熊宝宝所具有的良好氛围与教养……

面对这么高超的烹饪作品,谁都会怜香惜玉的。即使是"七岁八岁狗也嫌"的孩子,恐怕也要轻轻地、小心翼翼地对它说:"乖宝宝,你睡吧,我不吵了……"于是,在这过程中,孩子的小心田里埋下了善良的种子。从此,一个懂得爱、懂得尊重、懂得珍惜的小苗,渐渐会长成参天大树的。

在他(她)的小心田里,还埋下了艺术美的种芽。普通得不能再普通的米粒,熟识得不能再熟识的鸡蛋,竟然能成为这样一幅可爱至极的图画;那么,他(她)稚嫩小手中的画笔、拼图和玩具动物们,不也都可以成为天马行空的艺术品吗?长大以后,谁知他(她)会不会成为一位享誉世界的艺术大师呢?不不,大师不大师的并不重要,关键的是,从此,在他(她)睁得大大的稚嫩的眼睛中,处处皆艺术,在在皆美丽,他(她)一生都学会了用艺术美的眼光解读世界。

  然而还有更珍贵的呢:这颗美丽的种子里,还包含着第三种珍稀因素,即想象力和创造力。这对我们中华民族来说,尤其是对我们的孩子们来说,弥足珍贵!因为在近百年里,我们民族的智慧与聪明,不知被哪只黑手偷走了,创新的、独立的、自主的、发自我们内心的激情与识见越来越少;而因袭的、模仿的、沿用的却越来越多。我永远忘不了一家美国媒体曾刊出的话:"中国人已经不会创新和创造了,从电话、手机、彩电、数码相机、DVD机、智能操作系统、网络体系、电脑芯片等高科技产品,到民众日常的飞机、汽车、建筑、粮食和蔬菜种子等生活用品,在中国,你到处看见的都是外国的专利技术。他们只会购买和模仿,所谓中国制造绝大部分都只是组装。中国人已经丧失了走在我们前面的能力……"真是奇耻大辱啊!但是,冷静下来,在这充满傲视的轻蔑口吻里,难道没有让我们深刻反思吗?旁的先不点名,你只看看我们的电视节目,从各种比赛到最近大火的各种综艺节目,基本全是从外国克隆来的,你就说说我们的问题已经严重到什么程度了!

创造力是民族之魂。想象力是智慧之精。我们必须把人类最珍贵的创造力和想象力找回来,哪怕从娃娃抓起。

哪怕从一粒米、一颗蛋、一首歌谣、一幅图画的启蒙教育开始……

2014 年 1 月 3 日,光明日报社

文艺批评十二乱

时下,文艺界在谈论一个热门话题,即文艺批评。

中国是一个具有光辉灿烂文化积累的文明古国,我们的文化、文学、文艺批评传统亦是传承深厚,《典论·论文》《文心雕龙》《诗品》……为我们留下了博大的批评情怀和"忠言逆耳利于行"的社会空间。及至20世纪20年代五四新文化运动时期和80年代新时期文学鼎盛时期,文艺批评都发挥了强大的推动文化发展和促进社会进步的功能,在现当代中国文化史和文明史上留下了光辉的贡献。

可是今天,文艺批评(以下简称"批评")却出了问题。不是局部的,而是全局的;不是某几个评论家的,而是文化界全体的;甚至不仅是文化界的,而是全社会的。

批评乱象种种

1. 批评的缺失。时下价值观混乱,利润成为一只看不见的手，在文化市场上横行。本来在这种严重局面下，批评应该站出来承担拨乱反正、引领民众辨明是非的责任，但恰恰在许多重要节点上，听不到批评的声音。比如某些所谓"重拍经典"的电视连续剧，为了收视率也即一个"钱"字，就敢明目张胆地亵渎经典，糟蹋英雄人物和正面人物，为恶人、坏人和小人张目，甚至为西门庆、潘金莲等早已在老百姓心目中定论的奸人涂脂抹粉，公然向中华民族的道德底线挑战。对于这种乌烟瘴气的玩意儿，广大民众都已不能容忍，可就是见不到评论家们写出具有深度的剖析文章。

2. 批评的无标准。读者们经常见到而且眼花缭乱的是各种作品研讨会，它们层出不穷，天天在开，有大权大钱大开，无大权大钱小开，谁有本事谁开，没有标准，也无法由任何一个部门审批，所以乱象丛生。与会的有关领导、批评家和学者们，很少有能将作品认真研读完的，却依然能凭多年练就出的"会议功夫"做出精彩发言。有的专家刚才还在底下摇头，发言时却能面不改色地"史诗""巨作"一个劲儿地捧，还美其名曰"鼓励为主"。此风日盛，于是时下各种级别的作品研讨会，已很少有"批评"意义上的学术研讨，多数沦为歌颂会、表彰会、炒作会。

3. 批评的圈子化。这样形形色色的研讨会，甚至已经形成了一个"研讨会经济"，有捐客、有操盘手、有核心出席成员、有会虫儿，各司其职，相互配合，利润是最高领导。如此，"与会者一心"就很重要，于是圈子化就是必然的了。前些年曾见一文章,揭露京城"娱记"们(跑文艺演出的记者绰号为"娱记")是如何工作的:如果某院团的红包不厚、菜肴不贵,他们就恼了,约好一起"瓴"人家,也就果真能把人家千辛万苦排出的一台大戏"瓴"了。类似这种艺霸行径,实话说,在批评家的圈子里还没见过,但集体说好话、共同写无原则吹捧文章,哥们儿姐们儿有钱同赚,共同进行会议表演,则很普遍。批评家失去了自尊和职业操守,批评界成了追名逐利、兴风作浪的战场,批评文章越来越成为不讲真话的应景"秀",致使整个批评界变得越来越庸俗化和市侩化。

4. 文风问题。在批评的空气变得越来越污浊的同时,文风问题也日益突显。有的评论家整天忙于赶会,没时间读书学习,更谈不上用心研究文艺创作新出现的苗头、倾向、趋势、得失、困境、发展等深层次问题。于是,他们就故意撷来西方的大师、理论、主义、名词,以及复句套复句的西化长句式来装腔作势,故作高深地吓唬人。批评文章越写越空泛,完全离开了中国的创作实际,对作家和读者都毫无指导意义,有些文章甚至沦落到"只有写评的和被评的两个人看"的尴尬境地(此业界的夸张一说)。

5. 优秀评论家被打压。中国现在当然不是没有好的评论家,他们不但审美水平高深,个人品质也高贵,敢坚持原则亦敢担当。可是社会环境越来越芜杂,利益链条上的环节越来越多,如果哪个评论家直抒胸臆地说了不,那么不单作者、他的单位和领导,甚至他籍贯所在地的首脑都不高兴,还有出版社、文艺院团、销售商、主办方等都一并朝他侧目。一次他承受，两次他坚持，到第三次他肯定就要被围攻了。研讨会也不会再邀请他，评委也不会再让他当。这也是优秀评论家越来越退出江湖、优秀评论文章越来越鲜有的一个原因。

6. 评奖乱象也对批评构成严重伤害。说到评奖，今天文坛上各种、各路、各级别的评奖也已成为批评的一部分，评奖乱象与批评乱象攀比作乱，互为补充。有人曾形象地说："当下中国人什么多？"答曰："奖牌多！"甭管是大作家还是文章都写不通顺的发烧友，谁家柜子里也有几摞各种各类的获奖证书。同样是在利益的操纵下，"评奖经济"开展得如火如荼：形形色色的协会、学会、研究会乃至非法刊物和个人等，争先恐后地打着评奖的旗号去弄钱，谁弄到钱谁开评，写得不好的可以高中榜首，写得好的反而名落孙山，是非标准全没有，重要的只是把钱赚到手。毋庸讳言的是，由于国家级的正规评奖也与层层级别的奖金、晋升、出国等相联系，也就必然会出现拉拢评委、操纵选票等弊端。有的作品甚至由地方官员带领着庞大的工作团队进京，拿着数万、数十万甚至上百万"纳税人的钱"展开攻势。由此，构成了对"评"的另一种伤害。

7. 某些权力横加干预。还有身居要职的部门要员和地方官员，对正常的文艺批评横加干预。他们把个人的政绩、升迁和小集团的利益，看得远比党和国家的利益还重要，远比人民的利益和文艺健康发展还重要，因而在他们眼中，批评只是吹捧自己政绩的利器，批评家只是他们手下可以随心所欲使用的

"工仆",却不许他们提出与自己意志相左的任何个人见解,批评当然更不许。

8. 对于批评的粗暴反弹。近年来,批评界还不断发生反批评的恶性事件。不仅刺耳的批评听不进去,连善意的忠言也不愿意听。揭丑的批评更不能容忍,有的连威胁手段都动用出来。还有的动辄一纸诉状,连批评家带发表媒体一起告上法庭。有不知情者不解地问:"何至于此?"知情者答曰:"当然于此,不然就会影响收入。"哦,原来归根结底还是在争一个"钱"字。而资本和权势的强势侵入,对文艺批评造成了一种压迫,既破坏了批评的准则和道义,也破坏了批评的客观性和公正性,还破坏了健康的批评生态环境,将评论家置于一种不敢说话或者无法开口、将媒体置于一种无法正常工作的状态。这不仅严重挫伤了批评家们的职业精神,也使社会的监督职能和公众参与度受到严重挑战。

9. 批评家责任的丧失。对于一边是甜美的"胡萝卜",另一边是黑色的"大棒",大部分评论家选择了胡萝卜,毕竟在任何时代,大义凛然者都是少数。而一旦操守被群体性自我放逐,其崩塌效应就会愈演愈烈,并呈加速下行趋势。"没有是非(真假),只有成败;没有好坏(善恶),只有冷热;没有荣辱(美丑),只有贫富"等说法成为批评界的流行语。无的放矢、脱离社会现实的批评,与批评对象合谋、共同创造利润的批评,不研究问题、谁给钱就为谁服务的批评,就越来越占据了批评的舞台。

10. 媒体乱炒作。由于媒体在信息时代的作用日益强大，各种媒体也日益成为利益集团觊觎的目标。他们有的买通媒体，索性撇开评论界，雇请几个演员、明星和侃爷来乱点江山；还有的或自己直接赤膊上阵，或花钱买广告版面，雇用吹鼓手制造舆论，混淆视听，以达到影响公众的目的。而明就里或不明就里的有些媒体，为了区区几个广告费，就放弃大局意识和正确引导舆论的社会责任，一任谬误横飞；有的还跟着乱炒作，把匡正社会的批评圣坛变成了庸俗的杂耍娱乐工场。

11. 批评圣坛成了危房。权、钱、利（润）、利（益）的合谋，各方乱伸手的糟蹋，致使整个批评界处于下滑、再下滑状态。读者因不信任而渐渐远离，社会因不需要而逐步漠视，学术因不在场而声音喑哑。批评家们不再意气风发，激情满怀地投身这项事业，有的转行，有的对付，有的应付，已经极少能看到那种走在时代思潮前面、能洞悉社会前进方向、能指导文艺创作实践、能引领天地人心的深刻的理论文章。中国文艺批评界的水准整体倒退了，批评圣坛成了危房，如果再不治理，明天是否会坍塌也未可知！

12. 批评队伍后继乏人。由于批评的社会危机，批评界的后继乏人状况堪忧。今天已经很少有依然热爱批评事业、准备将自己一生奉献至此的年轻人。高校的当代文学批评专业很少能招到高素质学生，即使已经进门的研究生、博士生，塌下心来一心埋头专业的也大为减少。不能只是批评他们缺少专业精神，其毕业后的就业困境、式微的学术发展前景、与其他学科的不等值收获、与创作无法相比的巨大收益率反差,从起点上就削弱了年轻人对投身批评事业的信心。

批评乱象的根源所在

散文家、中国作协前党组副书记王巨才批评某些评论家:表面上好像永远都在讲真话,其实是见风使舵,转来转去,任何时候都在为个人谋取名和利。他们结成帮派,在小圈子里秀成一团,在批评界兴风作浪,使作为"社会公器"的文艺批评事业蒙羞,使党和人民的文艺事业受损。只有彻底整顿这种"在什么山上唱什么歌"的市侩气,摒弃"睁着眼睛说瞎话"的庸俗气,清除"圈子批评"的歪风邪气及其所带来的种种恶果,才能重建批评的信誉和权威。

报告文学理论家田珍颖指出:相当一批评论家已经忘记自己是知识分子,毫不犹豫地脱去知识分子的袍子,争着和大众一起去弄钱。他们还不如庄之蝶(《废都》的主人公),当年庄之蝶的沉沦中还有犹豫和挣扎,还不是赤裸裸地直奔金钱名利。他们没有为国家和民族承担的宏大目标,不学习,不担当,不忧患,无气节,无操守,无力量,浮浮躁躁,浑浑噩噩,应该向他们大喝一声:"回归真正批评,双肩担起道义。"

学者、中国社科院外国文学研究所所长陈众议也谈到"责任感的缺失"问题,他指出:资本逻辑和技术理性合谋,对民族的核心价值乃至核心利益形成了重重包围,因此要做到有所持守谈何容易？但是，既然我们选择了中国特色社会主义道路，那么尽可能向着和有利于它应当是批评的最高原则。具体到文艺，其内容、情趣、风格必须有利于提升民族素质，要做到当然不容易，但这正是文艺创作和批评的价值与意义。

中青年学者、中国社会科学报编辑部主任王兆胜的观点稍有不同，他认为就整体的文艺批评而言比较复杂，不宜单向考虑问题，至少有4个因素导致了今天的批评困境：一是文化语境发生了变化，在全民奔向金钱的狂欢中，整个文学都已被边缘化，批评更难以进入公众的视野；二是文学和批评走低，作家和批评家没有做到社会良知的代表，有的见解还不如人民群众，读者就不再买账了；三是产生了批评利益集团，利益的最大化把各方捆绑在一根藤上，谁不说好话就会被分离，使评论家金口难开；四是文艺研究离文艺规律渐行渐远，批评丧失了文学性和审美，连业界自身也不再关注。

还有其他一些文学评论家也认为，批评乱象的根源不在于个别评论家，甚至不在评论家群体，而首先在于各级负有引导文艺健康发展重责的某些领导者，缺乏对马克思主义历史观和美学原则的领悟，缺乏对中国共产党改革开放精神的理解，不了解今天社会发展的新状况，不研究当下文学创作的新实践和新规律，还在沿用旧的思维模式，要求文艺沿着旧的轨道前行，遂导致文艺创作脱离了生活，文艺批评脱离了文艺创作。因此，他呼吁要加强对马克思主义的学习，用辩证唯物论的观点和方法武装头脑，建立起科学、严肃、正派、健康的批评体系。

结束语：乱象治理前景

文艺是社会的晴雨表。文艺批评的根本任务，是代表社会读者中的最先进部分，引导广大群众正确认识社会，理解文艺创作，提升审美品位，提高全民族的文化和文明素质。批评家的职能，是用先进的世界观和方法论研究创作实践，找出创作和目标的差距，加以引导，而不能迎合落后群众的审美取向，更不能沦落为资本、利润和某些利益集团的工具。

批评亦是关乎一个社会发展前进的不可或缺的方面。批评家的思想、识见、审美的高度，亦是一个民族文化和文明的高度。在金钱试图吞没整个天地人心的时刻，全体文化界都应该团结起来，勇于捍卫文艺批评的权利。

在人类发展史上的任何社会转型期中，都曾发生过价值观混乱、是非美丑善恶交锋与错位的局面，要廓清天空中的阴霾，文艺和文艺批评可担大任。当下中国社会发展日新月异，成绩与问题并行，困难和希望同在，因此就更加需要尖锐的、战斗的、民主的、前进的批评——任重而道远，唯有努力，奋斗前行。

2011 年 8 月 6 日于光明日报社

得 与 失

在煌煌赫赫的汉语言文字宝库中,有这样的一批词汇,诸如:前后、长短、动静、黑白、是非、好坏、善恶、贫富、美丑、成败、正反……细琢磨起来非常有意思。它们都是一个事物的两端——地球的南极和北极,树叶的正面和反面,天空的星辰和大地的沙粒,情感的真伪、爱憎、痛苦与欢笑……说起来互相对立,南辕北辙,却又偏偏共处于一方小得不能再小的空间里,相互依傍,共存共生,岂不妙哉?

我就常常冥想这里面的玄机。

尤其是"得失"这个词,越咀嚼越耐咀嚼,越琢磨越有琢磨头儿,我觉得它的内里藏有无限深意。

它首先是一个很耐人寻味的词。"得",是得到,拥有,"三千宠爱在一身","姊妹兄弟皆列土",荣华富贵,全都有了;"失",是失去,空无,"宛转蛾眉马前死","花钿委地无人收",白忙活半天,又什么都没有了。可真是得失得失,得而复失(当然也有失而复得的情况),由此构成了"别是一番滋味在心头"的复杂人生。

《管子·重令》曰："天道之数，至则反，盛则衰。"《三国演义》开篇词："是非成败转头空。"《红楼梦·好了歌》："金满箱，银满箱，转眼乞丐人皆谤。"还有民谚："功名利禄，全是身外之物，生不带来，死不带走。"这些大智大慧的警句格言，算是把得与失的辩证关系，讲得透彻得不能再透彻，明白得不能再明白了吧？可是一代又一代人仍然是看不透也思不透，"乱哄哄你方唱罢我登场"，玩命地朝前挤、朝前争、朝前钻、朝前挣扎；甚至不惜打得头破血流，遍体鳞伤了，还要瘸着腿，瞎着眼，流着哈喇子去挤、去争、去夺、去抢、去骂大街，去想多得到哪怕一点点。你们说，这究竟是怎么一回事呢？！

的的确确，在生活中，我们老是看到和听到有人在抱怨，嫌别人得到的多了，自己得到的太少，于是愤愤不平，于是郁郁不乐，于是奋起直追，于是蝇营狗苟，于是尔虞我诈，于是阴谋诡计，于是陷害忠良，于是自讨无趣，于是自取灭亡……这里面的关键，就在于忖度不好得与失的关系比例，老认为这世界已经让别人瓜分完了，自己吃了天大的亏。比如我们都见过这样的人，常常谁也没招他没惹他，他却就跟谁干上了，嘴里还振振有词："便宜不能都让你们占了！"这是非常典型的例子。

而且我发现，还有一个相当准确的规律，就是车子、房子、票子、裙子、酒、色、财、气……越是追逐和得到了某种东西的人,他就越觉得自己得到的少,越想加倍地往家捞,结果呢,却越是失去!三年前我采访过一个锒铛入狱的赌徒,其实他的钱已经相当多了,这辈子猛吃猛喝、傻玩傻闹也花不完,可是他总是跟比他富的大款们较劲儿,结果输得拉了一屁股债。我还碰到过一个名利狂,她老是在诋毁别人怎么怎么功利,表白自己怎么怎么不贪心,最后越盘算越觉得这个世界里就数她吃的亏最大,于是整天心绪恶劣不堪,满脑子只剩下一件事,就是也要十倍捞回来;后来虽然没有招上牢狱之灾,但也弄了个人见人烦,孤家寡人,好长时间抬不起头来,出不得门去。这不由得使我想起了普希金那个著名的《渔夫和金鱼的故事》,那个贪婪的老太婆,从一只新木盆要起,渐次得到了房子、财宝、奴仆,甚至当上了贵妇人和女王,可是她越得到就越嫌不足,一次比一次要价更高,最后竟膨胀到想要当海上的女霸王,结果呢?终于又回到了最初的破房子和旧木盆。普希金真是太伟大了,早在他那个时代,就已经把千万年的人生洞穿了。

这就是生活的辩证法。而且,生活也是相当公正的。你想不劳而获,不行;你想多吃多占,也不行;就好比跳高,你的努力没有达到那一分刻度,你就是跳不过去。近年来社会有点儿浮躁,有的人想一夜之间就成名、成家、成为大款,遂偏离埋头苦干的轨道,走上投机倒把、爆炒包装的"近路",有的可能也会"成功"于一时,但终究名不副实,不会得到社会的承认。有时还会适得其反,我就听说了这样一个例子:某公申请加入某学会，一家伙抱来了他的二三十部作品，还有一百多个这奖那奖的获奖证书。其结果，评委们却一致投了否决票，原因是，既然这么多获奖作品都无人知晓，那么水平如何也就可想而知；而如此水平怎么又能获这么多奖，他是怎么得的就不能不叫人质疑。这说明，不该是你得的，不要伸手，伸了手也不会给你。

这还算客气的，有时候生活还会惩罚人。我还记得，小时候我家住的院子里，有一个出了名的特别有钱又特别吝啬的老女人，有一次她买了五斤冻带鱼回家，拿秤一称，少了二两，复转回去找。售货员也不急，只是连损带挖苦地让她把化成水的冰再冻上，并送给她一个外号"小便宜"。从此，我们家那一带大街小巷，无人不知"小便宜"这个外号，她的真名反倒被人忘记了。你说，她是得到了还是失去了？

所以，我认为还是应该老老实实做人，一步一个脚印地走路，这是最牢靠的，你不会吃什么亏，也不会失去什么。

仔细想来，如果说人类社会的根本矛盾不过就是分配关系的矛盾的话，那么说到底，每一个个体的人生，也就是一个个摆好"得与失"关系的生命过程。每一分收获都应该是一分耕耘的结果，没有付出努力的，不该得的，不要去做非分之想，此为基本境界或曰炼狱境界，可以说是做人的基本要求。还有更高级的境界，就是无私奉献，完全忘我，一心为别人、为人民、为社会而做事，不图回报，此为天堂境界，是很难做但并非完全做不到的，是英雄的境界。最低下的境界是地狱境界，巧取豪夺，欺世盗名，乃至图财、图官、图名而害命，从此中曾滋生出多少人间罪恶。《浮士德》绝不仅是一个浪荡子的孟浪故事，它难道不是我们整个人类的生活写照吗？

1996 年 2 月 29 日于北京天安居

惊闻圆明园要办庙会

前两天有新闻界同行通报，说北京圆明园要办庙会，乍听之下以为是谎信儿："不会吧，在那个中华民族的伤心地、屈辱地、悲愤地，怎么可能呢？"但是，现在却眼见得报纸上白纸黑字，披露得明明白白："2月10日至2月20日（腊月二十七到正月初三），首届圆明园皇家庙会将在圆明园内举办。皇家祈福、皇家文化展示、宫廷斗鸡、皇家皮影戏、五帝赐福、百花迎春活动等多项游艺演出活动将悉数登场。圆明园管理处有关负责人称，此外还将推出格格选亲、比武招亲、有奖悬挂同心锁等活动以及灯戏、火戏表演，游客可以充分体验'皇家'过年是怎样'吃''穿''用''玩''学''行'的。"（《北京日报》2010年1月18日）

呜呼，一阵悲哀涌上心头，我马上想到，这首先是钱闹的！果然，电话那边，新闻界同行回复，确是"某某公司联合某某政府部门主办"的，有人支持他们的理由之一，即是"文物古迹是重要的商业资源"。

好一个"重要的商业资源",可是,要看这是怎么个商业资源!近年来,无论是"文物保护的资金短缺",还是"文保工作人员的薪水太低",都早已成为许多文物古迹圈地卖票的理由,实施起来也越来越顺风顺水。可是圆明园不然啊,自从一百多年前那个火光冲天的黑色日子起,圆明园就成为中华民族身上的一道伤痕,那永远的伤痛从来就没减轻过,那永远的历史耻辱,更是时刻鞭策着我们不忘国耻,埋首奋进,振兴中华!圆明园已经成为中华民族一个特定的文化符号,一提起它,人们眼前出现的是那残存的石壁,想到的是西方列强对中华民族的侵略、蹂躏和掠夺。别说一百年,就是时间的长河再流淌一千年一万年,圆明园的伤痛也是抹不去的永久的记忆!

可是真有人不这样想。在如今商业行为无孔不入的社会氛围中,只要能卖钱和赚钱,一切的一切都会有人打主意。马克思早就深刻洞穿了"商业资源"的秘密:"如果有100%的利润,资本家们会铤而走险;如果有200%的利润,资本家们会藐视法律;如果有300%的利润,那么资本家们便会践踏世间的一切。"而不能卖钱和赚钱的文化、历史、传统等,在利润、金钱面前已经一再后退,眼看连底线也要守不住了。"老提那耻辱干什么啊?放着大片的空地不利用,放着大把的钞票不赚,空讲耻辱有什么用?"这种观点,绝不是一个两个人在说。他们接下来说的是,今天的中国已经是国富民强的社会了,时不时就言穷、就言艰苦奋斗、就言自立于世界民族之林的历史语句,该画上句号了。果真如此吗?先不说我们一"人均",国力的排名立刻就下来了;只说艰苦奋斗是我们中华民族自立于世界民族之林的护身符,即使将来中国真变成世界上最发达国家了,也绝不能将之抛弃掉!

再说,在一个曾经承载着民族奇耻大辱、痛苦记忆的地方,搞起吃、喝、玩、乐的"皇家庙会",让全世界的中华子孙怎么想?一方面,中国大陆的有识之士和一群热爱祖国的海外子孙,还正在艰难然而不懈地追讨着被帝国主义掠夺去的圆明园文物;另一方面,我们自己又在这片血与火的土地上斗鸡、吃喝、忘情地享乐,这会怎样地伤了他们的民族感情啊。如果他们身边的"老外"再来一句"中国人就是没记性"(鲁迅先生早说过"中国人没记性"),你想,他们会怎样地椎心泣血啊!

我还想到了另一点:老说我们的"80后""90后"的孩子们整天只知道追求娱乐、享受,不关心国家大事和民族前途,担心他们成为垮掉的一代。可是我们的社会教育提供给他们的,难道就是在圆明园上纵情吃喝?就是"商业利润至上"?就是把奇耻大辱统统忘掉?孩子们会用怎样疑惑的目光看着我们,然后把"原则""底线""民族精神"等词语一个一个地全都抹去?

当然,一定有人会说,不就是十天的一场庙会嘛,你是不是看得太严重了?我的答复是:万事没了底线,就会如决堤的洪水,滚滚滔滔能冲毁一切。你今天允许圆明园办庙会,明天它就会建起游乐场,后天你再问在里面游乐的孩子们什么是圆明园的奇耻大辱,他们还能答上来吗?

两年前,浙江横店集团宣布横店圆明新园工程启动,最后在全国人民的反对声中停了工。的确,圆明园是属于中华全民族的宝贵财富,不管是个人、小集体,还是地方政府,谁也无权把它变成赚钱的道具。

2010年1月20日于北京光明日报社

第五辑　人生有悟

陈忠实为我们改稿

陈忠实老师遽然离去，文坛内外一片哀悼之声。有说《白鹿原》乃中国当代文学的扛鼎之作，有赞忠实老师为人品格高尚，有痛哭中国从此失去一位真正的作家……说句也许并不夸张的话，在中国，没有不知道陈忠实的；即或不知道陈忠实，也都知道《白鹿原》。

一个作家活到这份儿上，真让人敬仰——陈忠实老师给"作家"这称号，挣来了多么大的荣誉啊！

我始终忘不了陈忠实老师的一件小事。

2012年，电影《白鹿原》制作完成，但还未最后"定稿"，我有幸先睹为快，陈忠实老师亦在场。我被其中"老腔"那一段戏震撼得目瞪口呆，乡野艺术家们那种呼天抢地的表达，哪儿是在表演，分明是把自己的性命都押上去了！一连多日，那几位农民艺术家的喷血的啸喊，一直在我心头激荡着，让我反复品咂着秦陕农民们深重的内心。与忠实老师言之，他说电影里的那几位艺术家，就是来自乡下的原生态演员，他们的祖祖辈辈,就是那么壮怀激烈地演过来的!

我就求忠实老师了:给我们光明文荟专刊写一篇老腔吧?多长、多短都行,您写多少,我们发多少。我绝不催您,何时写来何时发,保证给以最好的版面。忠实老师略一沉吟,答应了。

君子一诺。稿子很快就写来了。忠实老师不用电脑,是用钢笔写在13页白纸上的。整整齐齐的字,显示出大作家陈忠实对文字的尊崇与珍重——这使我想起了两类截然不同的作家:一类是"敬惜字纸"类,把文学视为神圣,每个字都是神明,如季羡林、吴冠中、张洁、张承志等一大批作家。张洁写长篇小说《无字》用了漫长的12年,我亲眼看见她就像写散文那样一字一句地"炼";还没有电脑的时代,张承志的手稿,每一页都如同大理石雕刻出来的一般,连一个划痕都没有,据说只要写错了一个字他都要把整页重抄。而第二类则是"大大咧咧"类,只顾快快写,抢时间,赶进度,就遗下很多的错字、落字、病句、硬伤,甚至还有抄袭别人而一错毁了终身的……对此,我们编辑都心知肚明,有时见错得实在不像话了,就会愤怒乃至咆哮:"哪儿有这么轻慢文字的,还记不记得自己是作家呀?"

忠实老师的这篇文章,题目干脆利落,就叫《我看老腔》。长达五千八百字,叙述了他从三年前初识华阴老腔、受到震撼后,不断地把这关中珍宝介绍到北京人艺、北京中山音乐堂等大雅之堂,且每演一场都收获到爆炸性欢迎的故事。从此,那些放下锄头上舞台、下了舞台又务农的乡土艺术家，先后登上了央视、北京人民大会堂，又赴上海、成都、深圳、苏州等地演出，再后又不止一次到香港、台湾演出，最后走出国门，到日本、德国、美国等献演。文章写得非常好，不仅下大功夫去一一落实了关中地方戏的有关资料，具有学术的权威性；而且是用优美的散文语言表达出来的，流畅圆润，生动好读，具有强大的感染力量，使我这个职业编辑在阅读过程中，也几度怦怦心跳，思潮起伏。大师就是大师，出手就能平地起惊雷，我很兴奋，在骄傲于我职业成就的同时，也很感谢忠实老师能这么认真地对待我的约稿。

然而，在准备刊发的时候，我又有些踟蹰了。说实在的，我很想请忠实老师再增添一部分内容，即在那苍凉的黄土原野、乡间最简陋的舞台下面，他作为一个乡党一个普通观众，看着农民艺术家们充满泥土本色的表演，他的现场感受是什么？而且，若能再增加一些字数，我们就可以做成一整版，形成一个更加强大的气场，取得更好的效果！

但我真的很迟疑，不太敢说出口。这真是有点儿非分的要求了——你想，陈忠实老师何许人也？乃中国文坛巨擘，已然这么呕心沥血地给你写了，你若再提要求，不是冒犯吗？别说人家是那么大的腕儿，就是一般中小作家也会不高兴的，甚至会冷下脸来说："那你就别发啦，我给别家去！"这种鼻子不是鼻子脸不是脸的待遇，哪个编辑没遇到过呢？

一连好几天，我纠结着！作为一个职业编辑，我也是属于呕心沥血编副刊的那种愚人，虽然在别人眼中，这些不当吃、不当喝、不当升官发财的报纸版面没什么用，简直就是太无足轻重了；可我这种完美主义性格，也确实屡屡害苦了我，并让这件事成为我心中过不去的坎儿。记得当时，我还跟年轻编辑赵玙商量此事，玙也认为我这想法是好的，但也在要不要跟忠实老师提出上有所顾忌。

最终，导致我下决心拿起电话的是我想起了一件事：20世纪90年代《白鹿原》出版后，陈忠实老师看到人民文学出版社的工作条件很差，就自掏腰包两万元，为改善编辑们的工作条件尽了一点儿绵薄之力，当时的两万元可是一笔极大的数目，相当于今天的十万、二十万啦！后来到了2012年5月，他又主动与《白鹿原》的三位责编之一、《当代》原主编何启治先生商量设立"文学编辑奖"之事。面对陈忠实个人将要拿出高达几十万元的偌大数目，何启治建议将该奖项命名为"陈忠实当代文学编辑奖"，但忠实老师坚决不同意，执意定为"白鹿当代文学编辑奖"。（笔者代言：2013年3月20日，已经很少参加会议的陈忠实老师，专程亲赴北京出席了颁奖典礼，不但对《白鹿原》的三位责编——何启治、高贤君（已故）、刘会军进行了表彰和奖励，还予编辑出版了其他好书的几十位编辑进行了奖励。）作家自掏腰包为编辑设奖，这在中国文坛尚属首次，不仅对于贫瘠的陕西作家来说是一件感人的壮举，就是对全国其他富庶地区的特别有钱的作家来说也闻所未闻。当时，这件事在全国文坛，特别是在陕西作家圈里引起了大幅度的内心波澜,也许是因为陕西太穷了,一直传说陕西文人"啬皮"(吝啬),只会往家里拿入而绝难往外掏。陈忠实老师真是太大气豪"奢"了,从中,也可看出他对文学编辑们的敬重与尊崇……

与我想象的完全一样,忠实老师在平静地接听完我的电话之后,用他那高尚人格所凝练出来的高贵,一字一句认真地说:"好,那我就再给你补充上这么一段。"

我当时鼻子都酸了,一如我现在写下这一段回忆文字,鼻子又发酸、眼睛又潮热了一样。

几天后,和上次一样,我再次收到忠实老师的快件。里面又是那薄薄的白纸,两页,依然是整整齐齐的字,显示出大作家陈忠实对文字的尊崇与珍重。涉及忠实老师补充他现场感受的那一段是:"我在这腔调里沉迷且陷入遐想,这是发自雄浑的关中大地深处的声响,抑或是渭水波浪的涛声,也像是骤雨拍击无边秋禾的啸响,亦不无知时节的好雨润泽秦川初春返青麦苗的细近于无的柔声,甚至让我想到柴烟弥漫的村巷里牛哞马叫的声音……"嘿,多么形象,多么精美,多么棒的文字啊!

我们立即以最尊崇与珍重的态度,做出了有文字、有图片、有色彩、有温度,甚至能传出雄浑苍凉声音的一个整版。我和赵玙商量着把题目改成《白鹿原上奏响一支老腔》,又打电话征求了忠实老师的同意。刊发在《光明日报》2012年8月3日13版,这是一个彩版,配上了演出图片、油画,还有赵玙找来的一幅彩色关中皮影《马上将军持枪图》，报社优秀的美编杨震反反复复设计了数遍，直到我们觉得实在改不动了为止。此版乃是我三十二年编辑生涯中，所做出的最有光彩、最堪骄傲、最刻骨铭心的几个版面之一，文学编辑当到这份儿上，值了！

由此，我老是愿意把这段佳话讲给年轻编辑们听，也不厌其烦地讲给文坛朋友们。我每每感慨托尔斯泰的那段名言："一个人就好像是一个分数，他的实际才能好比分子，他对自己的估计好比分母，分母越大则分数的值越小。"在文坛、在作家群、在读者的汪洋大海中，为什么陈忠实的名字是一座大山？不朽的《白鹿原》是一方面，更重要的，恐怕就是忠实老师"高者出苍天"的人品：他永远是善良的、谦和的、低调的，认真地对待每一位作家和每一个普通读者。他真诚地体悟每一个个体生命，哪怕是最微不足道的老农和他们的婆姨。他知晓生命的意义，真正领悟了"人"字后面所深蕴的无垠与无限。他的写作，就是要把这"人"字大写出来，写出人内心最深处的悸动，写出人类内心最本质的跳动。

他老老实实地写，先自老老实实地做人。在他身上，集中了秦人也即中国人最有代表性的优点：对自己，老实、本分、刻苦、舍命、少言多做、克勤克俭，苦一辈子都觉得是理所当然；对别人，忠厚、诚恳、平和、谦逊，永远先为别人着想，能帮一把就绝不推辞，奉献一辈子亦觉得是理所当然——这两个理所当然，架起了"陈忠实"这座巍巍高山！

犹记得当初打电话给忠实老师时,我叫了一声"忠实老师"。他迟疑了一下,用他那浓重的陕西腔反问:"小蕙,你叫俄(我)啥?"我以为自己说错什么话了,期期艾艾地说:"忠实老师,怎么了?"这回他听清了,马上说:"呀,你咋能这样叫,可不敢呢!"大哉陈忠实老师,原来他在自己的心目中,就是这样给自己定位的!

我不知说什么好?想起在20世纪七八十年代,我自己刚踏上文学的攀登之路时,前辈们曾一再地教诲"作文先做人"。现在,却很少有人再提到这句话了,也许是怕被年轻人嘲讽为"过时"?然而,真理就是真理,经典就是经典,楷模就是楷模。人间大美,天地同辉,作家当如陈忠实!做人当如陈忠实!

2016年5月1日初稿,5月11日定稿,
于英伦沃克汉姆红房子
(原发于《光明日报》2016年5月13日,
当年被北京卷高考题引用)

【附澎湃网记者徐芳访谈】

徐芳问题:

一、今年,北京高考大作文题为二选一。其中一个是:

"老腔"何以让人震撼

《白鹿原上奏响一支老腔》记述老腔的演出每每"撼人肺腑",令人有一种"酣畅淋漓"的感觉。某种意义上,老腔已超越了其艺术形式本身,成为一种象征。请以"'老腔'何以令人震撼"为题,写一篇议论文。要求:从老腔的魅力说开去,不局限于陈忠实散文的内容,观点明确,论据充分,论证合理。

这个文章来自您约编的《光明日报》副刊,之前报纸副刊也有过文章被选为高考作文题,您觉得这样的出题方式是否具有"引导性"?类似这样的材料作文题近年较多,是否有助扩大孩子们除课本之外的阅读视野?使语文教育更凸显人文精神?更接地气?您如何评价这一发展趋势?

二、这道作文题,出得好不好?是否答题点也可以丰富多元,多层次、多角度呢?如果由您来答卷的话,您会怎么写?写到什么程度,您认为自己能否得高分或者满分?网上各路高手代拟答卷中,有搞笑的,亦有"严肃的",如果由您评卷,您会如何打分?

三、这几天人们成群地聚在一起(比如朋友圈),为作文题而刷屏,过去的,现在的,全国的,各地的——似乎这是一种思维团体操模式?高考作文究竟考啥,考所谓的辩证法吗?

很多人借此回忆起自己的那一篇"作文",不少人说就像面对人生的坎,这种感受之强烈,让人难忘,您有记忆中那一篇吗?您作为名作家和名编辑,关于如何写好作文,尤其是如何写好命题作文,有什么建议和方法?

韩小蕙答:

(一)这道题源于今年5月13日我们《光明日报·周末文荟·大观》上的拙文《陈忠实为我们改稿》,那是在陈忠实老师去世后,追忆他忠厚谦和做人态度的有感而发,说的是2012年电影《白鹿原》摄制完成后,陈忠实老师不仅应邀为我们写了《我看老腔》一文,将原稿快递到北京;后来还应我们的要求进行补充,再次快递给我们;再后来又允许我们把他的题目改为《白鹿原上奏响一支老腔》。这对于他这样一位中国当代文坛的巨擘,是非常令人感动的。该文发表后,不仅引发了人们对陈忠实的敬仰,也让他的这篇佳作再次进入读者的视野。

我看到北京大学的陈旭光教授说,他作为考生家长也在猜题,但一看到题目还是愿意服输,因为"猜过陈忠实和《白鹿原》,猜过西北文化、传统文化的魅力,但没猜出是以通过阅读陈忠实关于老腔的散文而设置文题"。你看,北大教授们都是鸟中凤凰、兽中麒麟啊,他们都愿服输的题目,出得多么智慧!

我个人觉得,这个题目卓有高度,内涵丰富。

1. 切合现实,立意高远。大家都知道2016年中国文坛的一件大事就是陈忠实去世，考题通过认识陈忠实及其代表作《白鹿原》，引导学生们了解中国当代文学的成就，热爱文学。同时，陈忠实坚持深扎于社会生活、坚持现实主义的创作方法，乃是代表了中国当代文学创作的正宗，读书应读此类严肃文学和雅文学，而非怪力乱神一类的消遣品和消费品。

2. 开阔视野，增长知识。小小老腔只是中国民间艺术大海中的一小朵浪花，即能这样"撼人肺腑"，说明我们中华文化是多么博大精深。

3. 蕴含深意，循循善诱。对于即将结束童年期、进入成人阶段的高中毕业生们来说，他们今后亦不宜再一味狂追"韩流"、动漫、热舞、好莱坞大片……而应该把视野移向本民族的优秀文化。

4. 传播观念，升华境界。通过老腔了解什么是"民族文化遗产"以及"非物质文化遗产"，在学生们心中种下了民间艺术的种子。

5. 活学博读，善于学习。学习不能死啃书本，还应多读课外书，做生活的有心人，并养成读报的好习惯。

6. 智慧过人，新颖机巧。用副刊编辑们的行话来说，这是个悬念性题目，有难度，又有发挥的空间，能吸引眼球，又可彰显才华，且角度绝佳，让人无法猜破，在会心一笑中点赞。

（二）如果是我写这个文章，应该包含以下几个要素：第一，《白鹿原》里的老腔给我的震撼，那几位拿起锄头就种地，放下锄头上戏台的原生态农民艺术家，拿着大砖头猛砸条凳，用整个生命扑上去演，是血性满满的关中人乃至中国人的精神象征，其真实的激情确能感天地，泣鬼神。第二，"真诚"是文学的生命，也是表演艺术的立身基础，老腔的成功缘于此。第三，陈忠实作品的为人喜爱，他为人的被人尊崇，他去世引起的巨大关注与悼念，皆在于他是真诚地走过了这个世界。第四，读书当读《白鹿原》，做人当如陈忠实，我自己愿意这样度过真诚的一生。当然，在阐述如上"思想"的时候，注意用美的文学性语言表达之。

如果是我判卷，我可以在价值观正确的前提下，接受各种能够自圆其说的观点，因为我认为世界是丰富多彩的，人们看世界的眼光也应丰富多彩，各自得出的结论必然丰富多彩，绝不能说一个模子一个结论。而且，我首先就看有没有独特的个人见解或他不同于众人的特点，这与我当编辑选稿的标准相似，有独立见解的可以得高分，如果再加上流畅优美的文学语言，给满分。

（三）迄今为止，我们《周末文荟》副刊已有几十篇文章被选入全国、各省市区的高考、中考题，被选入语文阅读课本的也有。我觉得很荣幸，也很兴奋，但又觉得平平常常，事情应该就是这样的。语文课本不能老是改来改去，但副刊上经常会有新的佳作出现，有的文章真是醉心、养心，非常有利于人们提升品位，澡雪精神。所以无论是成人读者还是学生，都应该多读。我认为从副刊上多出题目能够促进人们读报纸，是利民、利文化的大好事，值得提倡。

（四）不妨说，语文考题、作文考题是开在文学大树上的两朵小花，能够反映出一个国家的文学水平，所以，我认为它们受到社会的广泛关注和讨论是好事情。

（五）关于如何评价今年全国乃至各省的高考题，我也看了不少发声，里面有一些非常睿智的观点，还是相当有启发的。我最推崇的是中山大学教授、著名文学评论家谢有顺先生的文章《我为什么批评今年全国I卷作文题》，他一针见血地指出那是个"毫无思想光彩的话题"，并把它上升到以"这样肤浅的题目"，"这个民族怎么会出思想家"的高度。太赞了，中国现在就缺这样"此言一出，举国皆惊"的锐评，多几个达此高度的大智大勇者，教育改革的步子肯定会加快！我只想补充一句话：谢有顺先生急得有道理，但这是与整个中国的教育水平相关联的，看看网上流传过来的法国高考作文题，简直令人久久无语！比如以下这9道题：1. 什么是公众所能承受的真理？2. 人们是否可以摆脱成见？3. "我是谁"这个问题能否有一个确切的答案？4. 能否说：所有的权力都伴随以暴力？5. 欲望是否可以在现实中得到满足？6. 是过去的经历形成了现在的我吗？7. 为什么人们需要寻求自我认知？8. 所有的真相都是可以被证明的吗？9. 我们对国家负有哪些责任？

（六）我是1978年参加了两次高考的，最后作为"七八级"被南开大学中文系录取。因为"文革"失学，我参加高考时的学历是小学五年级,所以我完全没有写作训练,事先也不懂得准备一些类型题,两次作文都写得非常失败,自己判断得分都很低。

我又是属于脑子反应慢、无语文基础训练、底子很薄的那种作家,至今也没写出高境界的文章。所以我特别怕写命题文章,基本上不接受命题约稿,在没感觉的情况下别说写不好,连写都写不出来——让我庆幸的是,这辈子,我大概再也不用受高考的煎熬?想想,这也算是一种别样的人生幸福哈!

2016年6月10日于北京马连道莳葽堂

重读汪曾祺赠画

1988年,我正在《光明日报·东风副刊》做文学编辑。当时要强的我在心里暗暗使劲儿,一定要把中国文化界所有名家的稿子都拿到手。汪曾祺先生是我心中的大神,当然是追逐的大目标。

不久,天遂人愿,在一次会议上见到汪先生。看着这么和蔼可亲的一位小老头儿,当时既年轻又腼腆的我,竟一点儿也没害怕,上去就跟他提出约稿请求。他笑眯眯地听我说完,点点头,然后不紧不慢地说,我刚好有一篇小稿,发在你们那儿也合适,可就是有点儿得罪人,不知你们敢不敢发?我一听连眉毛都笑了,赶紧说:"您给我们吧,我们一定给您发好……"

那时还没有电脑,只有作家的手写稿,用信寄。过了几天,我果然收到汪先生的信稿,题目是《字的灾难》。不长,一千五百字,却像拉响了一个炸雷:他在赞美了北京城的几处著名商家牌匾,比如"青藜阁""同陞和""懋隆""功德林""洞庭春酒家"之后,随即批评了当时北京的大街上,各种商店随便乱挂匾额，胡乱在橱窗玻璃上张贴广告，闹得"北京到处是字，喧嚣哄闹，一塌糊涂"（引自《字的灾难》，下同），把一座"文化城"闹得没了文化。特别少见的是，一向和蔼宽厚的汪先生，还很客气但决绝地点出两位正当红著名书法家，请他们"应该意识到自己的社会责任，除了照顾老板、经理的商业心理（他们的字写成某种样子可能受了买主的怂恿），也照顾一下市民的审美心理。你们有没有意识到，你们的字对北京的市容是有影响的"。

哇，这么有识见而又浸润着深厚文化底蕴的好文章，只有汪先生一代老文化人才能写出来！我兴奋得直抖手，一溜烟跑去排字间发排，又闪电一般跑回办公室给汪先生写回信。当时，家庭电话还是远在天边的云彩，BP机也是几年之后才出世的宝贝疙瘩，经典的通讯方式就是写信。我向汪先生报告有四：一是信稿收到了，非常感谢他把这么重要的文章给了我们；二是全文照登，他有勇气写，又是为国家（北京）的文化大事呼吁，我们当全力支持；三是我认为这不是得罪人，而是爱护人，两位书法家一定会感激他的提醒；四是小样排出后，还要不要给他寄去过目？

也就四五天时间吧，汪先生的回信就来了。让我难以想象的是，这回，他竟然寄来了一幅亲手绘的《雏鸡图》，在旁边附了短札。看得出来，当时他可能刚拿起画笔不久，笔墨还不十分娴熟，构图上也还不十分从容，但我对这种在中国画中加入一些西彩的自由挥洒，还是非常心仪的。沐浴焚香，我把此作小心翼翼地珍存了起来。后来等我有了住房后，立即将它装入镜框，挂于书桌旁。十年之后我又一次搬新家，仍把它悬挂在书房中，直至今日。让我痛悔的是，汪先生的这篇文字手稿，当时我却没多个心眼私存下来，"花自飘零水自流"，今已不知它流落到何处去了……

汪先生回信的落款是 5 月 19 日，我收到大约是 5 月 22 日。立即将《字的灾难》编入版面，于 6 月 5 日 4 版右上刊出。记得后来汪先生还关切地问过我，二位书法家有何反馈吗？——我据实答："我这方面，没有。"

今天睹画思人，重读汪先生大文，就像愈合的伤口又被重新撕裂，而且感慨更深痛！比之 1988 年，北京城多了些什么又少了些什么？我们生活中多了些什么又少了些什么？唉，不言自明……

噫，有文化者，不论人或城（文化的北京城），远去矣，远去矣，令吾侪一代羞愧难当！

2017 年 3 月 22 日初稿，3 月 28 日定稿
于北京马连道蒋菶居

身边的青鸟

很久了,我们的眼睛只能看见水泥的森林、钢筋的湖泊和塑料的草原,这是多么可悲的事情!

很久了,因为已经适应了人工世界,人类的退化成为一件更为可悲的事情——我们已经忘记了大自然的存在,听不到流云的欢歌,看不到蓝天的舞蹈,闻不到大地的芳香,没有福气享受到生命的盛宴与狂欢!

很久了,我们在虚拟的电子网络上,忙忙碌碌地复制和传播着虚幻的快乐,真实离我们远去,真切离我们远去,真知离我们远去。接下来糟糕的是——真理,亦会随之离我们远去。

为了寻回宇宙的真谛、自然的真谛、人生的真谛,少数有识之士从城市出发,踏上了寻觅自然之旅。他们跋山涉水,远离人群,去探访雅鲁藏布江的源头,去测量喜马拉雅山的冰层,去观察西双版纳森林的叶片,去养护红河湿地的水草,去拥抱黄果树大瀑布的浪花,去迎迓大小凉山的旭日……他们认识到并向人群发出恳切的呼吁:"让城市更美好,让生活更美好,绝对离不开大自然的滋养和润色。"于是,他们身体力行地从城市往回"家乡"的路上一步步归去,企望用大自然的圣洁面容和身体,来反观城市的不洁来提请人们洗脸濯足——当然,保留好地球的一盆清水是悠悠万事的前提。

可以说他们是勇士,是行动者,是先驱。但他们不是楷模。因为对大多数城市人而言,跟进的可能性非常小,仿效的意义也不大。

更因为,无须如此悲壮地"上路",仅在我们身边,就还有很多需要我们去做的事情,需要立即去做!

比如:

当我们看到有人折花、掐草的时候,应当立即劝止啊。

当我们看到有人打鸟、捞鱼的时候,应当立即劝止啊。

当我们看到有人捕杀、滥食野生动物的时候,应当立即劝止啊。

当我们看到有人乱丢垃圾、毁坏绿地的时候,应当立即劝止啊。

当我们看到有人做不利于养护环境的任何事的时候,应当立即劝止啊。

…………

再比如:

当我们看到有人污染河流的时候,应当立即制止和举报。

当我们看到有人滥用化肥的时候,应当立即制止和举报。

当我们看到有人给畜类、鱼类滥喂激素的时候,应当立即制止和举报。

当我们看到有人往粮食里掺假、撒药的时候，应当立即制止和举报。

当我们看到有人泯灭天良制假、贩假的时候，应当立即制止和举报。

…………

而对有关主管部门来说，我们还要监督他们，批评他们工作的不力，督促他们的行政作为，鞭策他们严格执法，杜绝腐败，还清正于人间。我们还应动用舆论的力量，惩恶扬善，鼓励每个公民都往上走，除了把自己逐渐锤炼成为好人、正人、君子和"圣人"外，还要把整个宇宙都营造出一个花香、草绿、天蓝、水清、空气甜的神圣世界。

但此外，还有一件更为重要的事情，是我们必须做的。

那是今年苦夏的一个中午，我骑车走到北京长安街上的东单路口。红灯，我停下来，下车等待。身边，一位老者推着一辆轮椅，上面坐着他的老伴儿，也在白色警戒线后面停了下来。这时，在他俩身后，慢慢开来两辆洒水车，车是要开到对面马路去作业的，此时趁红灯的机会转弯到对面是最方便的，但老者的轮椅挡住了车子的去路，也没有让开的意思，司机很着急。见此情景，我轻声请老者把轮椅推开一些，给洒水车让开了路。司机点头朝我示谢微笑，我点头还礼。没想到的是，第二辆洒水车开过时，那年轻司机也向我绽放出一个灿烂的笑脸。我的心里一阵舒服，是那种帮助了别人而得到善意回报的愉悦——那一整天，一颗心都被这人与人之间的温情浸泡着。

另一件事已经过去了几年，却也一直还在我心头滴着血：那天也是我骑着车，在自行车道上向前骑行，路过崇文门内一个广告牌所在的小路口时，突然，从广告牌后面的汽车道上逆行冲来一辆电动自行车，幸亏我全神贯注而又反应快，迅速跳下车闪身躲开了。细看时，见是五十多岁一男子，穿得脏兮兮的，在他车的后座上还带着一个两岁左右的男孩儿，也穿得脏兮兮的。我就跟他说："你带着孩子还逆行、还这么猛，多危险啊！"这本来不是好话嘛，谁知，他竟然停下车，破口大骂，骂得那叫歇斯底里、那叫难听，堪比老舍先生笔下的地痞流氓话了！我只好凛然一笑，耐心地说："别忘了你还带着孩子，你就不怕他跟着学吗？"那脏兮兮的男人一点儿羞耻心也没有，又发疯一样地边诅咒边恶骂起来。看着他那自轻自贱的丑态，我不再说什么，转身，骑上车离开了。一整天，我都心情沉重，为那素质低下的男人，为那可怜的孩童，他生长在那样的家庭环境里，将来能长成什么样的人，几乎已经注定了……

是的，我说到这样两件事，是想说明，要让"城市更美好，生活更美好"，我们确实需要物质水平的极大提高，可是，更重要的，更首要的，还得是人文环境的高升。如果我们能够生活在一个知体知礼，识好识歹，相尊相敬，相慈相仁，互帮互助，互亲互爱，和谐和睦，和平宁静的环境中，人人心中都充满了向善向上的进取心,那么,即使日子过得清苦一点儿,即使离开乡村远了一点儿,即使环境已经遭到了污染,我们也不怕、也宁愿守住这份温馨的日子——因为,"万众一心"是一个值得信任的词,它能使我们团结在一起,排除所有的困难,达到幸福的顶点。

"真没想到它就是我们寻找的青鸟哇。我们跑到老远的地方去寻找,哪知,它原就在这里呢!"(梅特林克《青鸟》)

可惜,这个首要的问题还没有引起人们的广泛注意,在此,我呼吁!

2010年9月5日,于北京协和大院葳蕤斋

最 是 隔 膜

世上最是隔膜的，莫过于无以交流。

1

去岁仲夏一个朗日，我在北京出席中韩散文界首次对话会。初次来中国访问的韩国散文家们，对中国的一切都很好奇；而第一次接待韩国同人的我们，亦感到处处新奇，事事有趣。双方都抱着交流的渴望，热切地聆听着翻译的话语，阵阵笑声不时从席间传出，宛如一支如歌的行板，流淌在温馨的小会场内外，在人人心头盘旋……

可是到了午餐时候，形势大变，就像被一只魔手扼住了喉咙，欢声笑语一下子低落下去，人们的笑容也凝固在脸上。原来，是翻译照顾不过来了，语言不通，隔膜就降临了。

坐在我旁边的，是韩国釜山大学的金教授。他长得可真像中国人，不太高的身量，细长的眼睛，一脸亚洲人所特有的温和与沉静。他几次朝我灿烂地笑，吟诗似的吐出一大串句子，还加以有力的手势。我也报之以温和的微笑，全神贯注盯着他的眼睛，竭力想弄明白他的意思，可是不行，什么也不明白。只见他忽然站起身，指指坐在上首的中国老作家刘白羽，然后又屈膝弯腰，把手往下一按，做了个"低"的动作。我满以为他是在问："你们中国，是不是特别讲究长幼有序，所以发言一定要请刘老先生先说，吃饭也要先请他入席？"就也指着刘白羽点头。谁知他不满意我的回答，跑去把翻译请了过来。哎呀呀，驴唇不对马嘴，原来他是在问："在中国，做儿子的能不能在父亲面前抽烟？"这是哪儿和哪儿呀？

后来那顿饭，整个儿是在惨兮兮的失语状态下熬过去的。以至于我竟从此开始注意到语言的问题。真是不注意感觉不到，一注意吓了一跳，这真的是一个相当严重的问题，过去中国不开放，这个问题还不怎么突出，现在国际的交往越来越多，麻烦也就随之而来了。去年第四届世妇会在北京举行，我去参加一个盛大的科学界女代表交流会，一踏进会场，就感到被一股热烈的龙卷风吸了进去，情不自禁地跟着来自全世界的五百名优秀女人，鼓掌，灿笑，拥抱，亲昵，交谈。可是那些科学界的专有名词真让我吃尽了苦头，至此才明白为什么有的科学家非要掌握七八门外语。人们常说"科学是没有国界的"，那么作为我们文学工作者来说呢，了解的是人、人的心灵、人的最深处的心灵律动，如果连谈话的语言都不通，还能了解谁去？

2

当然,单是语言不通,还不是最糟糕的。比如那次我和韩国的金教授之间,虽然无法用语言交流,但他用频频替我布菜,我用不断地为他斟酒,来表示互相的尊敬和亲善,彼此心里还是热乎乎的。又比如那次科学女杰盛会,女人之间天生就有一种互通的本领,五百人在大厅里自动围成一个大圈儿,各种肤色的手臂互相挽起来,各种语言共同唱起《圣诞夜》乐曲,"言之不足,舞之蹈之也"。在那一刻,我看见各个民族、各种文化背景和各种装束的女士们,眼睛里都闪动着一对晶莹的亮点,犹如聪慧的小精灵一样飞来又飞去,彼此就互相懂了火热的心。彼时虽然失去了语言的依托,却是"此时无声胜有声",更增添了"无语凝噎"的魅力和感动!

比起语言的隔膜,空间距离造成的痛苦更大。

我少女时代就听说过一个极为动人的故事。是说外国有一个男人和一个女人,有一天不期相遇,一见钟情,随即结为伉俪。可他们却来自两个国家,彼此之间连语言都不通,于是人们断定他们连两个星期都过不去就得各奔东西。可谁知二人只靠着眼神和手势,竟在一个屋檐下恩恩爱爱了一辈子。这故事至今令我刻骨铭心,我非常愿意相信这是真的,因为有时看到聋哑人之间的交流,就是这么明媚动人!

最近,我给远在美国的朋友 S 君,带去了我抄写的秦观那首著名的《鹊桥仙》：

纤云弄巧，飞星传恨，银汉迢迢暗度。
金风玉露一相逢，便胜却人间无数。

柔情似水，佳期如梦，忍顾鹊桥归路！
两情若是久长时，又岂在朝朝暮暮！

他是当医生的，从未读过这首词，却一下子就读懂了。我想他是用一颗心读懂的。他孤身一人漂泊海外，虽然在事业上取得了辉煌的成绩，足堪骄傲，但在个人情感上，却始终置身一片荒漠，没有任何一个女人能回答他充满激情的呼喊。他只好把心收回来，重新向着祖国大陆寻寻觅觅。真算他幸运，经过文学这一座神秘的鹊桥，他终于找到了一位既能理解他的灵魂，又心灵高贵的红粉知己。于是，他把一腔久蓄的情感，化作一封又一封滚烫的信，像放木排一样，从遥远的美国西海岸发回东方。怎奈太平洋的波涛太汹涌了，他们的交流时断时续，云起云飞。空间的巨大距离，甚至都无法让他们见上一面，以至于他恨地怨天地问："这么无止无休地写信，究竟要写到哪一年、哪一天？"而他的女友则绝望地回答："下辈子。"

唉，类似这种距离造成的隔膜感，又演出了多少幕人间悲剧！

"此情无计可消除，才下眉头，却上心头！"

3

然而这一切都还不是完全的隔膜,总还可以有"举大白,听金缕"的共鸣,总还可以有"千里共婵娟"的沟通,总还可以有"又岂在朝朝暮暮"的理解,总还可以有"欲将心事付瑶琴"的想念。更何况今天科学技术已高度发达,只要心在,就是飞到太空中、居住在月球上,也一样可以无间地表达。

最是隔膜的,乃是心灵的沟通。

心如果不通,那简直就是关闭了所有的通道、所有的门。心扉者,门也,心扉不愿为君开,奈何!

心的不通有许多种:

一是话不投机半句多。爱因斯坦与葛朗台老头之间,当然不可能有什么共同语言。林妹妹与焦大也没有什么好讲的……人的区别是显而易见的,依不同的阶级和利益集团、不同的世界观和生活目标、不同的文化背景和文化水平、不同的人生经历和个人追求,各个在自己的轨道上行走着,自言自语,自说自话,所谓的"寻求对话",不过是人类主观的追求而已。

二是物以类聚,人以群分。除了阶级的、国家的、民族的分法之外,人类其实还有许多别的区分法,比如人性的、年龄的、男人女人的,等等。属于我自己个人的发现,有着这么一种,就是一事当前,有的人善于先替别人着想,有的人却只是考虑自己。随口举几个编辑工作中的小例子:有的来稿字迹工工整整、清清爽爽，连一个标点符号都一丝不苟；有的来稿却是字迹潦草、错别字百出，电脑稿打完连检查都不检查一遍，就带着明显的硬伤寄来了，一看就知道不是水平问题，而是觉得反正有编辑呢。还有一次我正在外面开会，一位陌生的先生连着对我的BP机呼叫了四次，我以为天就要塌下来了呢，急忙不顾失礼，绕过主席台去打电话，谁知对方一开口却是："我前天寄给你一个稿子，看了没有？"我强压着内心的不快，回答说我正在开会，等我回到报社替您查一下稿子，再作答复好不好？谁知他的声音早就提高了十六度："你们编辑别老盯着作家、名人，对我们基层作者，也得一视同仁！"你看看，这种一切以自我为中心的处事方法，叫人怎么能与之沟通呢？

最是不通的心灵隔膜，我以为，莫过于善与恶的尖锐对立，不可调和。世界上真有大慈大悲大善之人，如新罗王子，看到他的黎民百姓受苦，便发下宏愿"地狱不除，誓不还家"，遂放弃荣华富贵，出家成佛，普度众生，这就是后来修成正身的九华山地藏王菩萨。世界上又真有大奸大恶大佞者，比如焚烧圆明园的八国联军强盗、侵略中国的日本刽子手还有纳粹法西斯杀人狂等。即如在我们身边，也有着善与恶的不同心灵，性善的人，不断修炼自己的君子情怀，处处帮助、扶持别人；有更高境界者还甘愿牺牲自己，成就别人，"只要你过得比我好"。性恶之人却恰恰相反，他们老是希望别人过得不好倒点儿霉，所以总在说别人坏话，给别人使坏，刻毒地诽谤一切人，甚至像长舌妇一样不惜造谣生事，挑拨离间，幸灾乐祸，落井下石，损人利己甚或损人不利己。我还最厌恶一种大伪似真的两面人，脸上戴着天使的面具，心里却像老妖婆一样在诅咒，整天琢磨着怎么把别人推进地狱去。似这种恶人，别说这辈子，就是下几辈子，心灵也不可能与之沟通，永远不可能。

4

那么，人是可以改变的吗？人与人之间的隔膜能不能消除呢？

——人是不可以改变的。

——人——几乎——是不可以改变的。

之所以作出这么一个小小的修正词，是因为青春年少时，恰逢"斗私批修""改造思想"的狂风暴雨之中，真诚地相信人是可以改造好的，就每时每刻都在自己的灵魂深处爆发革命，还时不时地帮助别人也革一回。后来经过生活的摔打，终于用自己的眼睛发现，人是很难劝慰很难改变的，要不怎么叫作"江山易改，本性难移"呢？不过，话当然也不能说得这样绝对，有些时候，人（包括别人，也包括自己）在经历了大的坎坷和磨难之后，是会触动心灵的，甚至变得完全换了一个人也是有的。近来，又读了赫舍尔的《人是谁》一书，该书认为人对自己的认识，可以决定他成为一个什么样的人，换句通俗的话说，即他认为自己是圣人，就会按照圣人的生活方式处世做人；他认为自己是魔鬼，也可以像魔鬼一样堕落。我仔细地思考了几日，终于觉得赫舍尔说得很有道理。

　　回过头来，把这个道理运用到与人交往和自己的修身、养性、做人，顿觉天地宽阔多了。隔膜也不是不可征服的，只要自己先具备了强大的力量，从各方面不断地道德自己，向着圣人的境界靠近，高尚的心灵最容易接近。从这认识出发，还可以找出丰富自己、壮大自己内心的动力；还可以悟出修炼自己的境界、争取像圣人一样活着的力量；还可以摒弃对这个世界的悲观失望，寻求与别的心灵消除隔膜，互相沟通，共同走向美好境界的契机。

　　认识世界当然是为了改造世界。

　　但愿这个世界不断变得更美好，但愿我们每个人不断变得更完善！

1996 年 1 月 14 日于北京协和大院

我们遗忘了什么？

似乎人们普遍公认，十二生肖当中，马有最好的属性。是的，你瞧，龙属虚幻，虎要吃人，蛇最毒鸷，鼠患无穷，牛太老实，羊任宰割，兔子弱小，猪忒愚笨，猴性顽劣，鸡供烹食，狗呢，尽管于人类多么亲善，但也总甩不掉"走狗"的骂名。唯有马，从古至今，得到的全是推崇与赞扬。

这就使恰好属马的我，总莫名地处于一种虚妄的扬扬得意之中，就好像马身上所有的优点都是我的优点一样。人啊，再有理智再懂得自律、自尊、自诫，也总是甩不掉这根多余的尾巴——没劲！

而在以往的一切文章中，马似乎都是没有缺点的。

唯一的例外，我所见到的，只有18世纪法国著名博物学家、作家、进化思想的先驱者布封，他在其吸引了全世界眼球的著作《动物素描·马》之中，惊世骇俗，无情地数落出马的致命弱点，请听：

但是它驯良不亚于勇毅,它一点不逞自己的烈性,它知道克制它的动作:它不但在驾驭人的手下屈从着他的操纵,还仿佛窥伺着驾驭人的颜色,它总是按照着从主人的表情方面得来的印象而奔腾,而缓步,而止步,它的一切动作都只是为了满足主人的愿望;这天生就是一种舍己从人的动物,它甚至于会迎合别人的心意,它用动作的敏捷和准确来表达和执行别人的意旨,人家希望它感觉到多少它就能感觉到多少,它所表现出来的总是在恰如人愿的程度上;因为它无保留地贡献着自己,所以它不拒绝任何使命,所以它尽一切力量来为人服务,它还要超出自己的力量,甚至于舍弃生命以求服从得更好。

对了,最击中我的就是这句"它所表现出来的总是在恰如人愿的程度上"。这真是一箭就射中了靶心,连分辩的空间也没有剩下丝毫。

当然,从我们人类的角度来说,马的这些良好表现,都最合适我们不过了:让它们替我们干重活儿,驮着我们跋山涉水,战斗中甚至让它们用性命换回我们的性命……这一切,人类都认为理所当然,马也被驯化得和我们一个鼻孔出气——虽然我们的立场是多么不同啊,我们是奴役者,马是被奴役者。

除了马,还有牛、羊、大象、骆驼、狗、猫,甚至一部分老虎、狮子、黑熊。我们人类真是贪婪,我们奴役和妄图奴役全世界所有的生灵,为了我们自己生存得更加舒服、安逸。

甚至，我们还觉得不够，于是，人类就自相残杀，相互摧毁，征服和奴役别人，用同类的鲜血和痛苦，还有自由的丧失和精神的桎梏，来源源不断地填补我们自己那魔鬼的欲壑。

许多年就这样过去了。就像驯马的过程一样，人类自己也逐渐被驯服了，建立起了林林总总的社会秩序、制度、道德规范，还有其他许许多多。而那无比珍贵的晨曦——符合人类最本原的、最自然的、最合理生存的条件，比如自由，比如博爱，渐渐地都被乌云吞噬了，也渐渐地被我们从自己的心灵放逐了！

如今，一匹好马的标准，首先是臣服和忠诚。如果它的毛色既飘逸又鲜亮，它的身体又强壮又匀称，它的四条腿又健美又有力，它的生活态度又驯良又克己又温良恭俭让，它又是真正的千里马，那它无疑可以得到我们人类最大限度的肯定和赞誉。那么，一个好人的标准呢？

山川、湖泊、激流、险隘，我们的确遗忘了什么。布封的《马》提醒了我们：我们遗忘得太久了！

人生有些错误是不能犯的

日前读到我尊敬的著名作家陈善埙先生的一篇散文新作《好贼余三》,心中一凛,没来由地想到了一句话:"人生有些错误是不能犯的。"

没来由其实有来由:也许是年龄一天天大起来,也许是屡屡被社会剧变炫得眼花缭乱目晕神呆,不由得越走越觉到了行路的艰难。眼前种种,身边种种,流水落花春去也,越来越引发了我对"哀人生之艰"的心心相印。

善埙先生写道:好贼余三年轻时,重义气,好打抱不平,打群架不计后果,敢于豁出命来,乡人都怕他;但他做事有界限,也就是底线,并不偷抢,不调戏妇女、不耍赖、不骚扰邻里;还讲义气、重然诺,故曰"好贼",又为乡人所敬。某一日,余三还突然从《隋唐嘉话》一书中读到:"英公尝言'我年十二三为无赖贼,逢人则杀;十四五为难当贼,有所不快者,无不杀之;十七八为好贼,上阵乃杀人;年二十,便为天下大将,用兵以救人死。'"不由动心,掩卷想了好久,思量自己要学李勣，做个好贼。从此苦读圣贤书，改造自身，后来竟真的成为一个懂道理、知礼节的好贼。

浪子回头金不换的故事，一直是中国古典文学中的一种重要讲述。在世界文学宝库中，也有着不少妇孺皆知的人物事迹，活生生地践行着"回头是岸"的主题。最典型者为雨果大师笔下的失业工人冉·阿让，仅仅因为他为饥饿的小外甥偷了一块面包，就被判处苦役十九年。出狱后，他受到卞福汝主教的感召，同时又因抢劫扫烟囱小孩儿的银币受到自己良心的谴责，从此改恶从善，由仇视人类的苦役犯，变为广做善事、普度众生的马德兰市长。故事的结局，颇像我们中国故事惯用的欢乐大团圆——回头的浪子冉·阿让和他收养的苦女珂赛特拥抱在一起，从此过上了幸福的生活。

我喜欢这样的结局，也一直被这个温暖的结局感动着，美好着。我相信普天之下，凡信仰真、善、美的人，也都是怀揣着这样的心情，愉悦地领受着生活的恩赐，享受着天使们绽开的笑靥。不过，最近身边突然发生了一个悲剧，有一位同人遽然离开了人间，使我在蔚蓝宁静的一半海水之上，亦看到了火焰蒸腾的另一半。世界从来就不是一面单纯的。由此，引导了我的深入思考：在明媚的阳光下面，还有阴影的部分，不小心一脚踩进去，是会把人伤到而致命的。

人生有些错误是不能犯的！

余三和冉·阿让，都是本性忠良的人，所以他们犯的事儿，也都只是有底线的"错误"，不是大奸大恶的"罪愆"；

即使是这些早年的负面行为,也被他们的良心背负了一辈子,用了一辈子的正能量去偿还。幸好他们都还清了,最后求得了他们自己良心的安宁。他们是幸运的。

而人生的有些错误,虽然不是存心犯罪,欺人害人;只是一时糊涂,铸成大错,但事后无论怎么后悔、怎么偿还,也是用一辈子都很难还清的。

比如2012年轰动世界的德国"抄袭三重门"事件:三十九岁就坐上国防部长交椅的古藤贝格,是德国政坛的一颗新星,未来还被看好有可能登上总理的宝座,但在5月份的一天,他的政治前途突然被"抄袭门"中止了。无独有偶,同样栽倒在"抄袭门"下的还有女教育部长安妮特·沙万,三十二年前在大学时头脑发热,写论文时抄袭了别人,结果在10月被公众拉下了马。继她之后仅几天,德国政坛上的第三位高官欧洲议会副议长科赫·梅林也栽倒了,还是"抄袭门"。尽管可惜复可惜、可叹复可叹,尽管三人均属少不更事时的失足,可是因为触碰到了道德的底线,他们最终还是被民众态度坚决地"PASS"了。三位本来前程锦绣的高官,就这样为自己年轻时候的轻率行为,付出了惨重代价,今生今世都不能翻身了!

在我们中国各界,也不乏这样的例子:在政界,由于贪腐被拉下马的官员中,很多人本来是出身贫寒,想为老百姓做点儿事的清官,结果禁不住诱惑,突破了底线,发展成为背离人民的败类;在医学界,有的医生本来医术高明,前途大好,却因为贪图钱财,收受红包,结果走上犯罪道路,永远也不能回到医学队伍当中了；在文学界，有几位年轻有才华的作家、评论家，本来青春蓬勃，前途一片光明，却偏偏急功近利，做下抄袭剽窃之事，葬送了自己的大好前程，令朋辈们扼腕叹息。是不是天妒英才，老天爷对英才们的考验格外严酷呢？一失足，千古恨，覆水难收，一恨难回头哇！

说来，人生其实很短暂，重要的也就那么几步，走好了，一生顺利；不小心走错了，则会痛悔一生。所以，老辈人一直在叨念着"行路难"的警语，年轻人不可不听。人生不容易，一辈子都要小小心心，勤勉，谨慎，靠自己的努力吃饭。尤其是底线绝不能破，任何时候都要光明磊落地行事，堂堂正正地做人！

2012年12月30日初稿
于北京马连道莳蒌堂

人生有些事是不能不认真的

人际交往这道人生大难题,古往今来,不知难倒了多少英雄好汉!

以我之愚笨,在人际的考题面前,也总是无可奈何花落去。一次又一次不及格,还被伤得头破血流,心灰意冷。只能选择:退……退,退!

——最伤痛在一个"诚"字。

"不说谎",是我的家族基因,从小,我们兄弟姐妹的价值观就视"骗人"为可耻。走上社会以后,兄妹们仍然顽韧坚持这一准则,宁愿不说话,也绝不说瞎话(这里不包括欧·亨利《最后一片叶子》那样做好事的"善良谎言")。多少年以后,看到季羡林先生将之总结为"真话不全说,假话全不说",觉得其高凝的智慧和语言,简直有《论语》的神韵。

因此,我的性格就非常、非常地不能容忍"说谎者"。若发现谁有"满嘴跑火车"的毛病,便会非常、非常认真地"在乎"。好比那一年报道"陕军东征",明明是在北京的一个会议上，聆听了几位批评家的发言而起意；后来却见到白纸黑字上有一位西北作家豪放诳语，说是他吩咐我如此写的云云……哎哟，撒谎都不带眨眼的，他当时连认都不认识我，就敢在光天化日之下"编造历史"，这行为真真把我震惊了，于是我出离愤怒，写了文章予以辩驳。孰料当事人继续大嘴巴不说，杏花村里还杀出一员偏将，竟嘲讽我为这么点儿小事也值得"认真"？以为我是在为自己争名——这可实在是小看我了！我的认真，在于我就是想不通：当事人还都结结实实活着呢，说谎者怎么就敢于这么胆大妄为地造假，难道他是深信谎言说一千遍即成真理？中国人哪，如果连作家都这么厚颜无耻，那还有什么坏事是做不出来的呢！

我争的是：人就是不能撒谎，君子耻之，人亦应耻之。

我在乎的是：被公然的谎言灼伤了心，哀莫大焉。

同时，我还愤懑于曲解"认真"的看客，乃心不正则眸子眊。

孔夫子在《论语》中有"主忠信，毋友不如己者，过则勿惮改"之句，将"诚信"作为人生的支点；还有"巧言令色，鲜矣仁"，"巧言、令色、足恭，左丘明耻之，丘亦耻之"等句，非常鲜明地表达了对虚头巴脑、说假话、谄媚逢迎的厌恶。数千年来，孔夫子对中国人的道德化塑造，可是咱们中华民族世世代代的瑰宝啊！

所以，我们有什么理由不"认真"呢？

可是，他们为什么偏偏就不能理解乃至不以为然呢？想起早年我还在工厂做小青工时，忽一日，有车间里一小男青工朝我诡异地一笑，接下来调侃着开导我说："韩小蕙你老那么认真干吗呀……"我疑惑地愣住了，因为没想到这世间还有另外一种思维方式。后来另一位年长师傅也曾开导过："小蕙，你是按照书本和报纸社论行事的，我们就不这样……"我又很蒙，傻不拉叽问："那你们是什么准则？"他哈哈一笑，把话题岔开了。

一个人的生长环境太重要了。一个家庭的教育也太重要了。我自一出生起，就一直住在机关宿舍大院里，接触的是清一色知识分子和干部，社会背景相对单纯。我家里长辈也从未给我解过"人际场"这道大难题，现在看来，就连他们自己也一直是浸淫在"正统理论"之中的，也是"按照书本和报纸社论行事的"。

缘于此，几十年后，当我已经过了不惑之年，却依然对世事、世人的纷乱很"惑"时，就理所当然地要被嘲笑了。有一位"巧令者"，曾一脸不屑地嘲笑我："别看韩小蕙写了那么多文章，她可还停留在十八岁呢！"——伊与我是同龄人，本质的不同正是从另一种教育体系出身，不单善于"巧言、令色、足恭"，还能熟稔地作题，据说伊最有成就感的事竟然是能把人玩弄于股掌之中！

吓，这种危险的人，比之说谎者，又是可怕得多啊！这又让我想起一件有点儿惊心动魄的事：五六年前的一天，女友Z忽然发来一短信，异常激愤地抱怨她的家庭："给予我的家教都是没用的！甚至是有害的！还不如普通市民家庭的有用！"她是宿儒之后，家世渊源深厚，代代书香门第，其门庭内的言传身教俱是孔孟传统文化正宗。然而可叹她在现实中，却越来越败于身边的宵小，屡屡被单位的"巧令者"陷害，直到退无可退，逃无可逃，最终在巨大的压力下畸形爆发了——作为同道，我一下子就理解了她那三个"！"中所隐含的大面积灰暗与绝望。兔死狐悲，几年来，她那个惊悚短信所烙下的伤痕，一直在我心上反反复复地感染、发炎、肿胀，甚至发出凄厉的尖叫！

糟糕透顶的是，我至今还陷在"十八岁情节"里不能自拔；仍顽固持守着"不说谎"的理念，坚持不说假话；也还是不能容忍别人特别是号称"朋友"的人说假话蒙人骗事。作为全国第一个获得韬奋新闻奖的文学副刊编辑，几十年来，我做过不少"大风起兮云飞扬"的漂亮事，佐助了很多人的文学梦，甚至帮助他们当上官，获上奖，成为名人从而完全改变了人生命运……这些，我从未要求过回报——不，准确地说我是要求了——我的要求甚至更高，是为"诚心待我"，同时我亦"诚心待人"。我的座右铭是"推动天地人心的进步"，我的处世原则是"人敬我一尺，我敬人一丈"。

相对于我疾恶如仇、眼里不容沙子的性格，我是非常不能容忍对我们编辑工作的否定。对那些用完了编辑就无视、就轻视的人，对不起，甭管你是谁，鼎鼎大名家还是无名小作者，肯定没有下次了！这，不仅是针对我个人，只要是对我行业的不敬之人，我都会将其拉入黑名单的。

人说："真是的，都什么年月了，你还那么认真干吗？"我说："就是的，就是的，就是的，甭管玉皇大帝还是阎王小鬼，利欲熏心的他们让我很受伤。"不久前，就又碰上一件堪比"陕军东征"的事，当我帮助一位作者成功策划、发稿，并获得了高到天上的荣誉之后，他却把脸一抹，白纸黑字地变成了是他将稿子恩赐给我，然后我怎样如获至宝……嘿嘿，也是罔顾太阳还没下山，晚霞还未消失，就公然地编造故事、伪造历史，真乃造假自有后来人啊！

从此，这一个"伪"字，又像楔子一样，生生凿进了我的胸膛。心房爆裂，心血汩汩，这样的市侩，肯定是人生中不能交之人——算是我又过了一次十八岁吧。

那么什么人是可交的朋友呢？有一位做医生的高智商女友给了我一条箴言，也是充满智慧的10个字"老朋友不忘，新朋友不交"，干脆利落，掷地有声，不像文人圈里那么拖泥带水——细加品啦，越嚼越有味，其人生际遇、苦辣酸甜，俱在其中矣！当然，亦还是有美中不足，即激愤有点儿过。老朋友固然保险系数更高些，新朋友也有肝胆相照者。所以最后，比来比去，我的选择还是向《论语》看，孔子曰："益者三友，损者三友。友直，友谅，友多闻，益矣。友便辟，友善柔，友便佞，损矣。"翻译成当代语言，是为："有益的交友方式有三种，有害的交友方式有三种。同正直的人交朋友，同诚信的人交朋友，同见闻广博的人交朋友，是有益的。同惯于走邪道的人交朋友,同善于阿谀奉承的人交朋友,同惯于花言巧语的人交朋友,是有害的。"

顺便再说上一句:对于那些厚黑学之类的人际交往术、技术型的如何做受欢迎的女人,以及一锅又一锅心灵鸡汤的药方,我基本取不以为然的态度。与朋友交往,需要的不是"技术"与"技巧",而是必须认真地守住那一个基本点——"诚信"。

2016年9月28日初稿,10月3日定稿
于英伦沃克汉姆红房子

人生有些敌人是不能丢的

早几年,老有一个"敌人"跟我过不去。其实我也没招惹他,但他本性就是那种对谁都揣着一肚子怨毒的"魔鬼类"糟人(和人世间有小偷、强盗、流氓、恶棍、拐卖者、人贩子、坏蛋一样,世界上就是有这种看谁都不顺眼,看别人好就不高兴的歹人,在心理学上被称为"魔鬼类性格"或"地狱类性格"),加上痛到心底里的嫉妒,就使他逮个机会就要陷害我一下子。其实论手段,也没多大杀伤力,无非到领导那里去挑拨,你知道有的领导就喜欢"小报告"那一套;再比如不惜血本到处去给我告恶状,一不怕苦、二不怕累、三不怕搭上大把的时间,拼上命也要使我当不上先进、劳模,诸如此类。

各单位都有这样嚣张横行的"魔鬼"和"地狱"吧?各位忙于工作忙于事业忙于建设、顾不上回头看看的同志们,也都有着这样的"敌人"吧?

我由于编务太忙、做版紧张,其余时间一门心思想着写作的事,故对他的那些陷害没工夫搭理。当然也不屑于降低身姿，费时间去为自己辩白。加上确实也不是他那些卑鄙伎俩的对手，便高风亮节地选择了低调、回避、不理、我行我素、任尔东西南北风。有时候我还阿 Q 一下，为自己拆解："韩小蕙你的力量在你自己心里。你自己坚韧不拔，什么人也不能按着你的手不让你写哈！"

话是这么说，事是如此做，但整日遭人谤害，终不是一件愉快的事。

后来遇到一位大师，开导我说："你有敌人是好事。敌人正是你的帮手。他不辞劳苦帮忙监督你，刁难你，给你道路上设置障碍，陪你度过岁月的风风雨雨，这是多么难得的激励者啊。你不在乎他，不愿搅到是非当中去浪费时间，这是对的，说明你知道人生什么是最重要的；但你只对了一半，你不应该完全回避，没有了他，也就没有了自省自强的你。为此，你应该感谢命运的恩赐，不应该丢了他。"

这一番别致的见解，令我眼界大开，印象深刻，一直到今天都不能忘怀。

曾经观影《少年派的奇幻漂流》，发现这部改编自加拿大作家扬·马特尔同名小说的电影，讲述了与大师同境界的故事。著名导演李安在改编过程中，也把"与敌人共生"这个重要主题忠实地保留了下来。少年派先是失去了女朋友，又在举家迁徙的海难中失去了父母哥哥、动物园所有的动物、家中所有的财产，最后连救生船里的食物和水、连他呕心沥血写下的日记……全失去了。上帝给他剩下的只有一个"敌人"——老虎理查德·帕克。派不得不与它一起生存在茫茫大海上的一叶孤舟里。起先，他也痛苦、咒骂、咆哮，怨恨上帝冷血，竟然如此残酷地折磨他这样一个孱弱的少年。后来，他逐步学习着接受命运的挑战，从害怕老虎，到与老虎对峙，再到驯服它，最后与它相依为命。结局是：少年派已经完全明白了"敌人"的重要意义，他衷心感谢理查德·帕克陪伴着他度过了极其艰苦、几乎熬不下去的二百二十七天，没有这个"敌人"的存在，他自己肯定也不可能创造了生存下来的奇迹……

相生相克，相克相生，这是世间生存的辩证法！

人的生命力有多顽强？有多深厚？有多少未被认识的潜力？有多么宽广的弹性空间？有多少还没有被激发出来的创造力？……这一切，有时候是敌人替我们挖掘和张扬出来的！这也正是中国古代圣哲老子的朴素辩证法之对立统一说："反者，道之动；弱者，道之用。"对立的事物之间，总是在斗争中"否定之否定"地前行的，看就看谁更能符合辩证法，谁更有毅力，谁更能埋头苦干走到底！

时间真的是最公正的见证人。今天，"敌人"不知道到哪里去了，我却还整天愉快地忙碌，带着报社里一帮朝气勃勃的年轻人前进在策划、约稿、编稿、做版、采访、写作、读书、交流的康庄大道上；同时，这些小帅哥小美女们，也分别收获了自己的爱情、孩子和安宁、幸福。而属于我自己的幸福时刻呢，则是终于放下一切烦劳，在电脑前坐下，安静地写着久蓄在心底的散文，呵，那一刻，心脏舒畅得突然失了重，整个儿人就像采撷了轻功，一下子飞升到天堂上，恣意地徜徉于"玉鉴琼田三万顷"的境界，"扣舷独啸，不知今夕何夕"！

现在我每天都过得很愉快，当然，最愉快的还是：每当我从单位的走廊里走过，迎面而来的报社同人，不管年轻的年老的、认识的不认识的，都会朝我绽放一张张灿烂的笑脸，在我身后留下一串串认同的目光。

2013年1月30日，于北京马连道蒔蔓堂

通往天堂的路艰难崎岖

——以此贺巴金先生百年寿辰

追求真理,是人类高级于动物、植物、山川河流、风云雨电……的独有的珍宝。

讲真话,是光明磊落的人高级于坏人、恶人、小人、庸人、伪善人……的特殊的高贵。

关于人生哲学,有一种观点,认为我们到这世界上来转一圈,无非"名利"二字,将此定为奋斗的目标,其他如原则、操守、立场、自尊、正义、勇敢、坚毅、助人、真、善、美等,皆"是非成败转头空",不必考虑。而且更令人想不明白的是,于今为烈,当下"追名逐利"庶几成为褒义词,媒体在公开鼓励年轻人立此志向,认定这是成功者的前提,"不想当将军的士兵不是好士兵",拿破仑的话一再地被引用,成为其理论基础——哇,要是用尽卑鄙的、黑暗的、血腥的手段呢。

"不说假话办不成大事",所以在今天,还能讲真话者、敢讲真话者是值得尊重的。

我最佩服巴金老人的,就是他的讲真话,并且提倡讲真话。

不但"名利"二字早已对他构不成威胁,作为一位自食其力的劳作者,巴老比我们所有的中国作家,都更来得彻底与纯粹。他对世界有自己独特的、固守的准则,不管是黑的云压来了还是金的雨打来了,他的地平线始终不倾斜,不塌陷。

《心里话》里没有畏惧,只有勇气;没有私利,只有公心;没有妥协,只有硬骨;没有无原则的虚与委蛇,没有看人眼色的谄媚迎合,没有随大溜的鹦鹉学舌,没有口不对着心的敷衍搪塞,而只有"不合时宜"的诤言。你可以不让我说,我也可以冷眼、蔑视,但我只要开口,就一定还是要讲真话!

有两则典故:一、民间笑话:"现在只有妈是真的了。"二、甲问:"你怎么到现在还敢说真话?"乙答:"因为我不想下地狱。"

悲壮啊,通往天堂的路艰难崎岖,有志者,请随巴金先生,但要准备奋斗牺牲!

2004 年 10 月于光明日报社

给神圣留下永远的位置
——在南开大学 2015 级迎新大会上的讲话

欢迎同学们来到南开,从此,我们就成为校友了!

初次见面,但我并非对大家一无所知,至少我知道大家在原来的学校,乃至你们家乡的县、市,甚至省城里,都是响当当的"学霸"——向大家学习哈,我当年不是学霸,因为"文革"失学,我没上过高中,也基本没念过初中的课程,连小学六年级也没上,我的大学前学历是小学五年级。

我今天要给大家出三道题。

第一道就是关于学霸的:这么多学霸会聚在这里,我相信大家都还是想要"将学霸事业进行到底"的。那么,你们想过没有,这"学霸中的学霸",大家准备怎么争取呢?

给大家讲一个有点儿类似的故事:1982 年我从南开中文系毕业,进了光明日报社。大家知道,这家报纸是全国知识界的翘楚,能在那里工作的,也基本上都是各路学霸。我一向不好和别人比拼,没有当"学霸中的学霸"的雄心,但我是一个特别有责任感的人,最大的追求是把自己的工作做到最好,所以我非常努力。没想到有一次我调到某个部门，还没待够两个礼拜呢，就被一位同事到领导那里扎了一针，她说的是"南开的就是不如北大的"，她自己是北大的工农兵学员。

同学们，这就是我要给大家出的第二道题：碰上这样的事，你们怎么办？

这明显属于给我一个先声夺人的下马威是吧？但我没吭声，一心一意做我自己的事。我牢记着两点，一是刻苦，二是认真，这都是咱们母校南开教给我的。我上学那会儿，几乎所有的老师都讲过这样的话，说南开的校风是务实，南开的学生不会夸夸其谈，也不会咄咄逼人；不怎么喜欢出风头，也不喜欢显摆自己；不愿意锋芒毕露，也不愿去和别人一决高下；南开的学生喜欢闷头做事，把基础打得牢牢的。所以，跟北大、清华、复旦的学生比，南开学子一开始似乎显得木讷，反应慢；但他们踏实、稳健、忠厚、可靠，一般都是各单位里的顶梁柱，而不是广告牌——这些都是南开一代代师兄师姐们做出来的，大概率如此。幸运的是，我的脾气秉性跟咱们南开的气质特别相合。

刚才我说到"刻苦"和"认真"。"刻苦"是什么不用我说，同学们都是刚从高考战场上冲杀过来的，想必对刻苦记忆犹新。但往届学生里的确有这样的情景，就是有个别同学考进大学之后就放松了自己，我说："这肯定不行，坚决不行！"我想告诉大家，大学的课的确不难学，混个文凭真正是一把抓的事，可我劝同学们千万别掉以轻心，青春的脚步匆匆，在学校的日子很短、很短啊。记得当年我们考进南开时，正是文学大热的时候，全国人民都读小说，你若是写出一篇好小说立刻就能暴得大名。我们班就有同学写小说，不上课。有一天，教我们现代汉语的宋玉柱老师黑着脸教训我们说："这是歪风邪气！以后谁要是再旷课写小说，退学！把课堂让给愿意学的人，外面有多少想上大学而进不来的人呢！"

感谢宋老师对我们的严格要求，他的课，我们全班都学得扎扎实实。还是在光明日报社，有一天一位正上夜大的同事拿来她的作业，请教分析一个句子，满屋子新老大学生，只有我这个南开的一下子就做出来了，而且，"正确，加10分！"

同学们，今天，你们比我们处于更"恶劣"的环境中，即诱惑太多了，尤其是手机的诱惑。这东西是提供了海洋一样的信息量，但有时候随手一扒拉，一个小时就过去了，可你回头一想几乎无任何收获。所以，一定要战胜自己，少玩这玩意儿，多刻苦学业——我是不相信什么高智商的"天才"的。可能真的有，但万一我们不是"天才"呢，白白把时间荒废了，将来走出校门，立马后悔！

"认真"的意思大家也都懂，但如果不践行的话，也是流水落花。我在单位里，智商也就中下，聪明的学霸遍地都是，"山外有山，天外有天，人外有人"啊！不过，我认真，编稿子时候一个标点符号都不放过，画版时每一条线的长短粗细都不马虎；而且我为了做好编辑，做了许多工作范围之外的事情，比如我拿到一篇好稿，不但在我的版面上完美地刊发出来，还推荐给各选刊，还编进作品选里，还写评论扩大影响……年深日久，作者们就信任我了，就把最好的稿子给我了，版面就越办越好了。记得有这样一句话："成功就是认真做好每天的事。"我深以为然！我不敢说自己是成功人士，但我的确是靠了超级的认真走到了今天。我总结自己这几十年走过来的历程，深深感到"认真"是我的看家本事，今天我特想把这本事分享给大家！

最后一个问题：将来大家毕业以后，走上了社会，假如你们挣了大钱、中钱或者小钱，准备怎么花这些钱呢？

举三个随手抓到的例子：第一个，我一女友前不久去新西兰，发现一个现象，中国太多有钱人到那里买了房子，不都是自己住，还炒房赚钱，把人家国家的房价都炒上去了，以至于新西兰政府不得不颁布有关法令，限制外国人买房。第二个，上次我到浙江沿海一带采风，发现当地有钱人都在干一件什么事呢？都藏着、披着、蒙着、混着，不惜以身试法到香港去生孩子。我就说香港特区政府不是颁布有关法令，不允许外人抢占港人的医疗资源吗？他们理直气壮地回答我："花钱就行，我们花得起大价钱。"类似的事情后来又上演到了美国，以至于引起警方介入。第三个例子大家都知道，最近发生在美国的，有几个中国女留学生因为争风吃醋而虐待女同学，还不认罪；她们的家长立即拿出在中国的招数——行贿，结果把自己也拘进去了。弄得不但他们自己身败名裂，还在全世界面前损毁了我们中国人的形象。

糟糕的是，这几个例子还都不是极端的个案，而是在我们身边俯拾皆是。有了几个钱，或者根本还没几个钱，就敢公然地蔑视法律，把自己凌驾于整个民族和国家之上，这是什么行为，这是最没文化、最等而下之的行为！我希望我们每个南开学子，大家一辈子都要抵制这种种行为！

我当然不是反对大家学好本事，将来挣大钱，让家人过上更好的生活，不是有那么一句话吗，个人把自己的小日子过好了，形成合力，就是把国家的大日子过好了。只要是在法律的范围之内、在民族文明的底线之上，大家做得越出色越好。我想请大家思考的是，在这个基本点之上，是不是还有更高的标准和更高尚的目标——我特别希望同学们能在自己的心目中，给神圣留下一块永远的位置！

比如咱们南开大学的创办人张伯苓先生。当年张校长为了实现教育救国，呕心沥血打拼出了一个南开大学，当时南开的实验室呀，教学楼哇，都颇具有现代化气象，是全中国规模最大、最好的私立大学。后来他又创办了南开中学、南开女中和南开小学。20世纪20年代，老校长又做了一件伟大的事，我们南开大学组织专门力量，编写了一套大中小学通用教材《东北地理教本》，于1931年面世，这是中国最早警示全国人民要警惕日本侵占中国东北的一本教材。这本教材让日本鬼子极度记恨，因此在七七事变仅二十多天后，就飞机大炮一起上，对咱们南开狂轰乱炸，又派兵带着满车的汽油来烧学校，几乎把南开夷为平地！然而张伯苓校长坚决不屈服，不但和北大、清华等校组成了著名的西南联大，还把自己的儿子送上战场。老校长的儿子叫张锡祜，当时是最危险的兵种——战斗机驾驶员，那时的飞机非常简陋，就是一个敞开的座位，连罩子都没有，飞行员们都知道自己几乎是有去无回的，都抱定了以身殉国的赴死决心。结果张锡祜才二十六岁，刚刚订婚，就战死沙场。同学们想想，张伯苓、张锡祜父子俩，如果仅是为个人的幸福生活而活着，他们早就达到了，是不是？可是他们有高尚的人生价值观，他们更愿意为民族、为国家的进步奉献自己的一生。这样高贵的民族精英，值得我们永远认同、铭记、学习、追随。我们更应该通过他们的事迹，体味什么叫"奉献"，什么叫"责任"。

激情来到南开园，壮志悲歌翻新弦。既然做了南开人，就要知晓南开的这些人和事。我希望这两天大家在亢奋之余，一定要抽时间上个网，了解一下张伯苓先生和咱们南开先辈们的辉煌历史，不枉做个合格的后来人！

我的话完了，谢谢大家！

2015年9月3日初稿，9月19日定稿
于北京协和大院葳蕤斋

一个记者是怎样炼成的

1

古往今来,岁月匆匆,人物匆匆。人生就像是一粒纽扣,缀上新衣服,用旧了扯下来,然后以旧换新,然后日夜更替,然后绵绵瓜瓞,然后沧海桑田。

在这些匆匆而过的"然后"里,每个人的一生都充满着幻想、憧憬、追求、奋斗、艰难、坎坷、折腾、折磨,乃至沮丧和绝望。古今中外,无论是帝王将相与英雄豪杰,还是如你我一样的平头百姓,概莫能外,谁也逃不过老天爷的掌心。而从另外一方面说,这也是上天对人类的锤炼吧,每个人都有过筚路蓝缕的搏击,都在争取最好的前程,都是从九九八十一难中穿越过来的,你看那个纯真呆傻的唐僧,难道不是我们每个人的原型吗?

忆及我年轻时的岁月,更多的是学、思、琢、磨、自责、觉悟,不懈地反思自己。记忆最深刻的,从不是登台领奖的辉煌，而是"走麦城"和"失街亭"。如果能让我重新"匆匆"一次，我相信自己肯定能比那时的得分更漂亮一些——然而人生，哪儿还有重来的？

2

只有回忆是可以重来的。可是现在，每当我回顾自己的职业生涯时，不知为什么总有一种失重感，垂直地就会堕入倾斜之中，尽管我对自己新闻人的职业，一直是无比热爱和极为自豪的。苍天在上，各路神明，我这一生最要庆幸的两件事，一是1978年恢复高考时有幸赶上了那班车；二是毕业后即进入光明日报社，做了一名文化记者和文学编辑，一干就再未离开，全心全意、真心真意、诚心诚意、热心热意地做了三十二年，直至退休。

只是我的起点太低了，上大学那年已二十四岁，毕业时进入新闻行业已二十八岁"高龄"。我家祖祖辈辈，连亲戚朋友在内，都没有一位跟新闻行业沾过边，真正是一张白纸。工作是完全陌生的，连什么是"导语"都不知道，一切从零开始，就像四年前迈进大学门时，学英语是从A、B、C、D的二十六个字母学起。不过，真的没有什么了不起。

3

新闻学的 A、B、C、D 是五个 W，即：When（何时）、Where（何地）、Who（何人）、What（何事）、Why（何故），通俗说就是时间、地点、人物、事件、原因。那时没电脑，一切采访靠腿勤、手勤、脑勤，勤能补拙。勤我倒不怕，就像"东天太阳升"，就像"大河日月流"，勤快、勤奋、吃苦、耐劳，本来就是我们这一代人的强项。不过其中有一"勤"，确实是我所害怕的，即"口勤"，作为记者，你得会说话，会问，会让你的采访对象滔滔不绝地跟你说，把他的家底一一倒出来。对于从小性格内向、不善言辞的我来说，最喜欢的就是爱说话的采访对象，有的人生性外在，你问一个小小的问题，他就能打开话匣子，把你想问的和不想问的全都哗啦啦地倒给你，此时你只要拿着小本记就行了。所幸，这世上绝大多数的采访对象，都是属于这种人。

那时我采访次数最多、采访时间最长的著名作家，是叶君健先生。那还是在 1983 年，我刚做记者不久，我的领导金涛同志给我派的任务，当时有一家出版社想做一批文化老人相关资料的挖掘整理工作，还提供了录下声音的磁带。于是，我骑着自行车，一次次去到北京北海公园东邻的恭俭胡同，在叶老那个灰墙灰瓦的小院子里，听他讲从家乡湖北黄安县（后改为红安县）大山里走出来的故事。

叶君健先生是我国著名学者型作家、翻译家，他翻译的《安徒生童话全集》在中国家喻户晓，我从小就读过《稻草人的故事》，印象极深。万没想到自己长大后竟然能安静地坐在这位大家的对面，听他娓娓道来。我大长见识，由此才知道红安县是著名的革命摇篮，从那里走出了共和国的两百多位将军，有十四万人为革命流尽了最后一滴血。满头银发、身材高大、玉树临风、温文儒雅的叶老，一派学者风度，竟然也是一个整日拾荒、砍柴却仍吃不上、穿得破的贫苦农家小黑孩儿，靠着顽强的生命力和苦苦挣扎，才在苍茫茫大山的佑护下活了下来。后来于1932年考上武汉大学外文系，主攻英语并开始了文学创作。他还自修了世界语，用那种独特的语言创作了多部短篇小说，在世界语文学史上留下了绚丽的一页。1999年叶老辞世，留下了代表作长篇小说《土地三部曲》，展示了自辛亥革命前夕到五四运动期间，中国社会各个阶层的大变动、大动荡、大革命。在翻译安徒生童话的间隙中，他自己也为中国孩子们写出了多篇中国童话。我至今记忆尤为深刻的一句话，是叶老说"在国外，只有大作家才有资质写童话，因为这是会影响孩子们一生的大作品"，这句话令我非常震惊，极大地升华了我对儿童文学作品的认识。

1999年叶老辞世，享年八十五岁。后来曾经友善接待我的叶老夫人苑茵女士也走了，她也是英语翻译家，和叶老很有夫妻相，也是身材高挑，气质端庄，文雅洁净。在我们访谈的时候，夫人只是来倒茶换水，从不插话打扰，并且每次我告辞时，都跟叶老一起将我送出小院门外，看着我骑上自行车，叮嘱我"注意安全"。

至今，我每次路过恭俭胡同那一带，脑海里都还会浮现出这一幅美丽的图画：长长的窄窄的灰色胡同里，纱幔一样洒下丝丝金红色的阳光，我抬腿飞身骑上自行车，轻快地朝胡同口驶去，飘浮在头顶上的白云追随着我，在我身后拽出一串长长的光影……

4

记不得是外国哪位名人说过，如果一个人的本职工作和他的兴趣爱好能够叠加在一起，就是上帝对他的眷顾。很有幸，我刚好是这被上帝照拂的人，据说古往今来、海内海外，这种"幸运儿"是极少数。

一想到这一点，我就会双手合十，叹出长长的一口幸福气，暗暗对自己说：韩小蕙你何德何能，怎么就会得到这份稀有的恩赐？

不再言说岁月的大洋大海，也不再言说历史的大江大河，我庆幸正值事业期的自己，赶上了国家最好的发展阶段。从20世纪70年代末一直到我的退休之年，中国的改革开放事业，轰轰烈烈，慷慨前行，解放思想，高歌猛进。在这可歌可泣的四十多年里，小小的我、平凡的我，在我小小而平凡的工作岗位上，结识了中国文学界大部分有过声响的老中青作家，采访、对谈、组稿、交心、聆听、学习、汲取……我从他们身上收获了多少阳光雨露和朗月清风！

最被季羡林先生打动心弦的，是他"君子克己，一心为人"的大善与大爱。他曾一字一句地纠正我文章中的错误，那是我顺手把"先天下之忧而忧"多写了一个"人"字，在一般人看来这并不严重，但季老竟然专门给我写了一封信来纠谬，令我羞愧难当，为自己浪费了老人家那么宝贵的时间而自责不已。先生还曾在我就"散文的真实性"请教他时，又认真地写了一封回信，手把手地教导我："常读到一些散文家的论调，说什么散文的窍诀就在一个'散'字，又有人说随笔的关键就在一个'随'字。我心目中的优秀散文，不是最广义的散文，也不是'再狭窄一点'的散文，而是'更狭窄一点'的那一种。即使在这个更狭窄的范围内，我还有更更狭窄的偏见。我认为，散文的精髓在于'真情'二字。"

最被张中行先生震撼心灵的，是他"学，然后知不足"的大境界，还有定位于普通人的布衣本色。这位一辈子苦读而学贯中西的大学问家，曾恳切地对我吐露心声："我这辈子学问太少，如果王国维先生在世，北大只有几位可以勉强评个三级教授，而我则连评教授的资格也没有……"

最被邓广铭先生感动我心的，是他推开吃了一半的饭碗，气定神闲地与我交谈，一点儿也没大历史学家的居高临下。那是我第一次去拜见他，之所以午饭时间打扰，是因为那天北大进门严苛，我是怕出去就进不来了，为此，我非常不安。殊不料邓老先生竟然对我说:"我替北大向你道歉……"

最被叶廷芳先生振聋发聩的,是他那个惊人的《政协委员提案》,在举国计划生育抓得最严峻的时代,他石破天惊地提出,应该放开独生子女政策,否则将会给中国后面的发展带来祸患……

最感到对不起李国文老师的,是有一次我不知怎么走了神,在编稿过程中将他原本正确无误的文字改错了,使姜夔和白石道人变成了两个人。报纸就那么错出去了,白纸黑字被读者来信批评。我就像闯下塌天大祸的孩子,浑身发烧,硬着头皮给国文老师打电话,据实以告。万料不到的是,国文老师马上就故作轻松地说:"错了就错了呗,那有什么关系?"我急得都结巴了,说:"我犯的这个错误太低级了,读者以为是您错了呢,实在是影响了您的声誉啊。"电话那头,他哈哈一笑,再次安慰我说:"这有什么,我不怕。"哎呀,这是多么宽阔的胸怀,不仅是学问大家、文学大家,还有这么宽广的心胸,不顾自己的面子而替我这个小编辑挡子弹,换了别人还不知会怎么修理我呢?国文老师,虽然从此我再也没跟您提起这件事,但这是令我终身都不忘的、永远烙在心上的一个刻痕。

5

最被蒋子龙先生痛彻心扉的,是他对国家大工业体系遭遇的忧懑之心。他年轻时曾经工作过的天津重型机械厂,是国家八大重型机械厂之一,也是天津第一个万人大厂,后来却变成了一片荒草的工业废墟,他昔日的师傅和工友们则变成了大时代的"弃儿"……这在我心里引起了大狂风、大暴雨的大击打,因为这与我当年工作过的工厂太相似了!我的工厂是代号774的军工厂,曾是排名在首钢之后的北京第二大工厂,条条现代化生产线曾是新中国电子行业的天花板。那时候,跟谁家有在"天重"工作的人能引起三条街的羡慕一样,谁若能娶到我们厂的女工,也是可以夸耀三条街的事。可是后来我们厂也跟"天重"一样,被时代雨打风吹去了。由此,我跟蒋子龙先生"心有戚戚焉,然心戚戚矣"。中国作家中,出身工厂的作家寥寥,似乎只有肖克凡、杜卫东、唐朝晖等几位,所以描写工业题材的作品很少。我期待能多有像《白鹿原》和蒋子龙《农民帝国》一样重量的工业题材大作品传世,当然,前提是中国强大的工业体系自立于世界民族之林。

6

其实中国早年就有一部重磅工业题材长篇小说问世,这就是张洁的《沉重的翅膀》,所以这就要说到张洁了。最让我心刀剜一样痛楚的是她的去国,原来在北京和平门市文联的红顶楼,张洁把她的家布置得多么温馨且有艺术气质。钢琴上摆满了她获得的各种最重要的奖牌,张洁从不炫耀她的成就,以至于只有很少人知道,早在1989年,她就获得了意大利马拉帕蒂国际文学奖,这个奖一年只授予一位作家,博尔赫斯、索尔·贝娄等都是其得主。后来张洁又获得了意大利骑士勋章,以及德国、奥地利、荷兰等多国文学奖。1992年张洁当选为美国文学艺术院荣誉院士,这是至高的荣誉,因为这院士全世界只有七十五人,不增加名额,去世一人才增补一人,获此殊荣的中国作家只有她和巴金。张洁也是我国第一位获得长篇、中篇、短篇小说三项国家奖的作家,也是唯一两度获茅盾文学奖的作家,真正的巾帼强过须眉啊。

张洁当然很珍惜这些荣誉,但在她心目中最压重的,还是自己的作品。我亲眼看见她用写诗歌和散文的方式写长篇小说,也就是说,一个字、一句话、一个标点符号地"炼",再三再四地修改,《沉重的翅膀》大改了四次,以至于累得心脏病住了院;《无字》写了12年,12个春秋啊!两度获茅奖以后,她也并未放下笔,为了又一个长篇,她竟不顾年事已高,浑身病痛,只身去了远隔千山万水的秘鲁,到古老部落里寻觅人类文明的源头与真相,这是冒了生命危险的,行前她非常清楚,也许自己就回不来了,但她还是义无反顾地上了路……

张洁实在是太优秀了,白纸黑字,为我们留下了那么多文学珍宝,够我们的孩子、孙子、子子孙孙阅读与研读。她是中华民族走到当代的一个不可多得的女作家,其灼灼的艺术光芒永不会熄灭——每念及此,我心痛,喘不上气来,我坚信她的骨灰终有一天会回到故里,不然老天爷也会看不下去的。

张洁不许我们喊她"老师",只准直呼"张洁",并结结实实地砌了一堵墙,挡住我们的任何"反抗"。这曾经在很长一段时间里,给我造成了相当的不适应。你说,北京人是多么讲究长幼尊卑礼节的人群,从小在这种氛围里长大的我,怎么也做不到直呼"张洁"呀。但后来,在她的本真、不装、不自我感觉良好、不傲视别人……一派纯粹面前,我,还有几位女作家闺蜜,都撞得头破血流。我们只好从命,大家一起互相努着劲儿,喊出她的名字。以后随着情感的递进,最后也竟渐渐变得行云流水般自然和流畅了。

2022年春节前,她突然去了天堂,而仅仅在数周前,我俩还在 E-mail 里互致问候。坚忍而又自尊的她,只说她"老得快走不动了",并未道出一个字一句话的病痛。一辈子自尊自爱、自强不息的张洁,魂兮归来!

7

还有一位对我产生了终生影响的女作家,是美丽文雅的凌力大姐。我甚至说过她曾"是我的精神支柱",何以这么"重要"?因为她对我的三观,乃至做人做事业,都产生过巨大的影响。

初识是20世纪90年代初,一次去往四川的笔会,我有幸与她"同居"了十多天。这位出身于将军之家的文学才女,前后写出了《少年天子》《暮鼓晨钟》《倾城倾国》《北方佳人》

等优秀长篇小说，也是获奖无数的大作家。然而她最吸引我的，还是她的处事态度，洞明世事，不躁不急，守己修身，我行我素，真可谓出淤泥而不染的一朵莲花。那一次笔会，队伍庞大，成员芜杂，不免闹出种种动静，每逢此时，凌力大姐即不动声色地把大家"拐"到背诵唐诗宋词的"课程"中，"蜀道难，难于上青天"，"两岸猿声啼不住，轻舟已过万重山"，"东风夜放花千树，更吹落，星如雨"，"怒发冲冠，凭栏处、潇潇雨歇"……凌力这种处乱不惊、持高守节的境界，对于还年轻毛躁的我而言，真像遇到了一尊佛，一颗心立刻安静下来。后来的好多年里，每当我毛躁时，想想凌力大姐那张安详的脸，平静便会涌上心头，乌云即被驱散，换来一片光风霁月——此即我前面言及"精神支柱"的缘由。

不过，总是天使般笑靥的凌力大姐，也对我下过一道"封杀令"，即要求我不论何时、何种情形下，都不要写她，即使在综合性新闻中也不要提及她的名字，一个人淡泊名利至此，也是中国文学界独一份吧？凌力只用她的作品说话，说来她并不是文学出身，她的专业是清史研究，生前所在单位是戴逸老先生掌门的人民大学清史研究所。因此，在一片花里胡哨的清宫"戏说""传说""宫斗"的编造中，凌力的作品才是最禁得住历史检验的正剧。然而在汹波涌浪的清宫戏中，一直未见有过凌力的一部作品，有一次我问她为什么？凌力大姐微微一笑，不紧不慢地说："也有好多人来找过，但我怕作品被胡乱糟蹋了，一直没答应。我故意出了一个谁都不可能接受的高价,把他们都挡回去了……"

8

时间真像汩汩流水,几十年,一瞬间,就凶狠地流走了。回忆像洪峰,滚滚滔滔,一浪接着一浪,大浪淘沙。太快了,太猛了,岁月的利爪在心灵的日晷上抓挠了几下,我的角色就已由亲历者,变成了如今的讲述人。

"林花谢了春红,太匆匆!"望着蓝天上游行的白云,我的思绪越扯越长,不由得飞到了北京城内的各个地方,沙滩、南小街、红霞公寓、和平门、安定门、东土城路……那些曾是中国作协的办公地和宿舍,住过许多著名的前辈作家,我曾在那里结识和采访过臧克家、秦兆阳、冯牧、荒煤、刘白羽、牛汉、林斤澜、汪曾祺、李国文、邵燕祥、牧惠、唐达成、鲍昌、黄宗江、黄宗英、黄宗洛、谢永旺、叶楠、李瑛、邓友梅、从维熙、刘心武、谌容、张洁、凌力、史铁生、张凤珠、柳萌、赵大年、丁宁、陈丹晨、韩少华、陈四益、童道明、郭启宏、袁鹰、蓝翎、姜德明、雷抒雁、鲁光、张守仁、蔡葵、阎纲、雷达、张韧、曾镇南……他们中的一部分人,已驾着祥云飞去了天堂,也有生命力顽强者还留守在葱茏大地上加持着我们,更有几位文学生命力特别顽韧者还在坚持写作,一篇篇、一部部,像一封封被生命科学院嘉奖的喜报,不断带给我们惊喜!

"不思量，自难忘。"我的思绪又飞到了建国门、永安里、三里河、皂君庙、北大、清华、北师大、学院路……那里是中国社科院、各大名校的办公地和宿舍，我曾多少次进进出出，采访过茅以升、冰心、季羡林、金克木、张中行、邓广铭、吴冠中、冯至、叶君健、邓云乡、戴逸、贾芝、周汝昌、张世英、朱寨、洁泯、袁可嘉、黎先耀、柳鸣九、吕同六、王树人、谢冕、郑欣淼、张炯、杨匡汉、宗璞、范用、屠岸、刘锡庆、葛兆光、李文俊、高莽、楼肇明、何西来、杜书瀛、陈漱瑜、蔡葵、林岫，以及汤一介和乐黛云夫妇、刘梦溪和陈祖芬夫妇、林非和肖凤夫妇、王德厚和赵园夫妇、陈恕和吴青夫妇、徐城北和叶稚珊夫妇……他们的学识、为文、做人和各自持守的生活态度，都令我敬仰不已，学到了很多。

"思悠悠，恨悠悠，恨到归时方始休。"我万般感慨，心底推出千堆雪，又飞往上海、天津、山东、四川、重庆、浙江、陕西、山西、新疆、西藏、青海、内蒙古、东三省……我曾在祖国的大江南北、天涯海角，结识和采访过马识途、马烽、西戎、艾煊、公刘、何为、来新夏、何满子、郭风、林希、南丁、鲁枢元、陈善壎、余秋雨、吴周文、陈忠实、李星、肖云儒、刘成章、贾平凹、李存葆、张玮、马瑞芳、傅天琳、苏叶、褚水敖、王安忆、赵丽宏、竹林、陈思和、陈歆耕、聂鑫森、周涛……他们的赠书、书法、作品集，至今在我的书柜里向我招手，激励我努力写作，天天向上。

"但愿人长久，千里共婵娟。"我还飞到了美国、英国、法国、荷兰、东南亚和祖国的宝岛台湾、东方明珠香港。我曾结识、采访和笔谈过王鼎钧、郭枫、陈若曦、赵淑侠、郑培凯、陶然、林湄、林鸣岗、黄运基、张宗子、刘荒田、陈河、孟昌明、薛忆沩、夏曼·蓝波安、王威、程宝林、陈谦、陈瑞林……他们身在异乡,心系神州,用一部部作品织出了汉字的天光云锦,为中华文化的薪火相传和广播海外,做出了既花红柳绿又岁岁春风的奉献。

是的,这长长的名单已经够长了吧,但还远远没到尽头,还有和我同辈的乃至一茬茬中青年作家们,排成的一支长长的队伍,在持续跋涉中,我坚信:未来的屈原、苏轼、辛弃疾、李清照、曹雪芹、鲁迅……未来的托尔斯泰、陀思妥耶夫斯基、别林斯基、莎士比亚、雨果、巴尔扎克、卡夫卡……会出现在新的队伍中,长江后浪推前浪,卷起千堆雪,浪花淘出英雄!

是的,这长长的名单已经够长了吧,但他们笔下的作品排得更长。我想象,若把这些书排起队,能绕地球十四亿圈也不止吧?不敢说这些作品我都读过,但至少代表作我是都学习过的,给了我多少有益的营养啊,因此我衷祝,这名单再继续长长地、长长地排列下去!

是的,这长长的名单已经足够长了,我这一辈子可真是太值了,怎么会认识过、接触过、走近过、知心过这么多著名的文化大师和文学巨擘呢。读他们的佳作,听他们谈文学和人生的真谛,走进他们的内心,与他们很多人成为"忘年交"，这在当代文学媒体人中，不敢说是唯一，但也超不过两三人哟。

是的，这长长的名单真是足足地够长了，为此，我每每感念我母校中文系的老师们，是他们把我送上了文化记者和文学编辑的岗位，让我驾驭着时代的宇宙飞船，在浩瀚的河汉中穿行，拜谒一颗又一颗闪光的明星，同时也做成了一名为我中华文化击鼓传花的传花手，我生荣幸！

9

最后，还有一点是最最重要的，就是做人。

我们谁都说过"在历史的长河中，个人只是微不足道的一瞬"，确实如此。而具体到每个微不足道的一瞬，都是有着或曲曲折折，或蜿蜒逶迤，或缠绵悱恻，或流连忘返，或惊涛骇浪，或威武雄壮的故事。甚至，每个人还都犯过错误，形形色色，大大小小，小错误后悔懊悔，大错误痛惜终生……不过，这都是"至今思项羽，不肯过江东"，每个人的人生都是这么跌跌撞撞走过来的，无复多言。

要说的并要特别强调的是，无论在任何顺境或困厄之中，哪怕高腾在煌煌九天之上，或沉沦到十八层地狱之中，我们都必须守住节操，对得起自己的良心。可以套用季羡林先生的话"真话不全说，假话全不说"，而践行"好事干不全，坏事全不干"。如此，才可以如饶毅教授所抒怀的那般：当我们在回归自然之前,"问心无愧于职业中的自己值得尊重,生活中的自己值得尊重。因为我既经历过物性的神奇,也产生过人性的可爱"。

善哉!

2022年6月28日初稿,7月16日定稿

于北京燕草堂